我的地球三极

陈继　著/摄影

立信会计出版社
LIXIN ACCOUNTING PUBLISHING HOUSE

图书在版编目（CIP）数据

我的地球三极 / 陈继著. —上海：立信会计出版社, 2018.8
ISBN 978-7-5429-5886-0

Ⅰ.①我… Ⅱ.①陈… Ⅲ.①游记—作品集—中国—当代 Ⅳ.①I267.4

中国版本图书馆 CIP 数据核字（2018）第 160669 号

策划编辑　陆盛强
责任编辑　王艳丽

我的地球三极

出版发行	立信会计出版社			
地　　址	上海市中山西路 2230 号	邮政编码	200235	
电　　话	（021）64411389	传　　真	（021）64411325	
网　　址	www.lixinaph.com	电子邮箱	lxaph@sh163.net	
网上书店	www.shlx.net	电　　话	（021）64411071	
经　　销	各地新华书店			
印　　刷	上海盛通时代印刷有限公司			
开　　本	710 毫米 × 1000 毫米　1/16			
印　　张	13.25			
字　　数	188 千字			
版　　次	2018 年 8 月第 1 版			
印　　次	2018 年 12 月第 2 次			
书　　号	ISBN 978-7-5429-5886-0/I			
定　　价	68.00 元			

如有印订差错，请与本社联系调换

序

在人的一生中有很多相遇和聚散，有的人萍水相逢却如久别重逢，有的人历经岁月的涤荡最终还是失散于人海。我与陈继先生的交往始于2015年那次铭刻于心的南极之旅，我们共同穿越德雷克海峡的惊涛骇浪，一同体验登上半月岛的惊喜与冲撞，一起为因暴风雪而错过的长城站和欺骗岛而扼腕，也为在南乔治亚岛听到数万企鹅的生命合唱而动容；我们共赏勒美尔水道的奇景，沉醉于卡卡斯岛的梦幻星空。俗话说"百年修得同船渡"，和陈继先生在南极共度的22天让我们成了"极友"。读万卷书不如行万里路，行万里路不如阅人无数，对陈继先生的阅读，南极之旅只是一个开始。

2015年的南极之旅与我们同行的有很多艺术家，每个人都才情飞扬，陈继先生在他们中间显得低调而普通。清瘦的身形、随意的穿着、儒雅的谈吐，陈继先生给我的第一印象更像是一位大学教授而不是会计师。阅历丰富而有趣的人总是很难被一眼看透，需要慢慢阅读，和陈继先生的交往如品香茗，清淡但却余味悠长。

在南极旅行的妙处就在于等待极致美景出现前那些你可以肆意挥霍的闲暇时间，现在回想起来那种全然的自由自在对现代的都市人来说才真正是最大的奢侈。在那些像被空气包围、等你去浪费的时间里，我和陈继先生开启了无话不谈的闲聊模式，从文学、历史、音乐、艺术、体育到哲学、政治、经济，陈继先生的谈话坚定而温和，总有定见但从不强加于人，一贯的疏淡，这样的交谈实在让人陶醉。陈继先生长我几岁，一路走来，他从小陈开始，到陈会计、陈会计师、陈老师、陈总、陈主编，这些头衔是他丰富阅历的体现。在我心里那个激扬文字、文采飞扬的"天南"是他，那个淡然坚定、捍卫生活的斗士也是他；那个永远向往远方、心在路上的行者是他，那个足球场上的健将、乒乓台前的冠军也是他。

我是一名从业20年的新闻老兵，很多朋友可能都看过我主持的《媒体大搜索》和《新闻夜线》等节目。在生活中我是一个崇尚像玩一样工作、像工作一样玩的"雅痞"老男孩，两个爱玩也会玩的男人在南极相遇，怎能不让人生出蓦然回首、惺惺相惜之感。

从南极回到上海，陈继先生和我又回到各自的轨道，各自忙碌，但偶尔的一杯咖啡、一盏清茶、几杯小酒还能让我们一起梦回南极、神游五洲。从2015南极之旅开始，陈继先生用三年时间完成了他地球三极的旅行，并将这三次旅行的经历凝练成了《我的地球三极》一书，书中有我们共同的回忆也有新的旅程，那些行走中的细节、见闻、感悟、情怀相信也会让向往诗与远方的朋友们心旌神摇吧。

在上海这座"冒险家"的乐园里，陈继先生算是稀有的"物种"，他更像是一位当代名士，且行且吟、一诗一酒、快意江湖。陈继先生说："我愿做一个有阅历、有智慧、有趣味的年轻的老法师。"我有一个信念：一个人最大的成就就是活出真实而完整的自己。虽不能至，心向往之，是为序！

夏磊
2018年6月于瀚海云居

目录 *Contents*

序

南极篇

3　　引子
4　　上海至多哈（2015年2月22日）
5　　多哈经圣保罗至布宜诺斯艾利斯（2015年2月22~23日）
7　　布宜诺斯艾利斯一日（2015年2月24日）
12　　乌斯怀亚（2015年2月25日）
18　　过德雷克海峡（2015年2月26~27日）
21　　到达南极（2015年2月27日）
24　　天堂湾（2015年2月28日）
37　　洛克雷港（2015年3月1日）
43　　再过德雷克海峡（2015年3月2~4日）
48　　南乔治亚岛爱德华国王角和捕鲸博物馆（2015年3月5日）
54　　南乔治亚王企鹅岛和沙克尔顿小道（2015年3月6日）
62　　从南乔治亚岛到马尔维纳斯群岛（2015年3月7~9日）
63　　马尔维纳斯群岛斯坦利港（2015年3月10日）
66　　马尔维纳斯群岛西部诸岛（2015年3月10~11日）
76　　布宜诺斯艾利斯佛罗里达大街（2015年3月15日）
80　　南极小贴士

西藏篇

83　　引子
83　　北京启程（2016年8月6日）

88 　拉萨一日游（2016 年 8 月 7 日）

93 　318 国道及米拉山口（2016 年 8 月 8 日）

95 　巴松措湖（2016 年 8 月 8 日）

97 　南迦巴瓦山（2016 年 8 月 9 日）

102 　重回拉萨（2016 年 8 月 10 日）

104 　大昭寺和小昭寺（2016 年 8 月 11 日）

107 　羊卓雍措湖和乃钦康桑雪山（2016 年 8 月 11 日）

122 　珠峰大本营（2016 年 8 月 12 日）

134 　西藏小贴士

北极篇

137 　引子

137 　上海—迪拜—奥斯陆（2017 年 8 月 8~9 日）

140 　奥斯陆的一晚两天（2017 年 8 月 9~10 日）

144 　初到朗伊尔城（2017 年 8 月 11 日）

148 　霍恩湾（2017 年 8 月 12 日）

160 　贝尔湾（2017 年 8 月 13 日）

168 　伊斯峡湾—斯凯森湾（2017 年 8 月 14 日）

172 　巴伦支堡（2017 年 8 月 14 日）

174 　麦格达勒湾（2017 年 8 月 15 日）

178 　摩纳哥冰川（2017 年 8 月 16 日）

185 　克罗丝峡湾—新阿伦森（2017 年 8 月 17 日）

196 　重回朗伊尔城（2017 年 8 月 18 日）

201 　北极小贴士

202 　后记

南极篇

雪原之国

雪原之国
灵魂安静之地
扬手是冰落地是雪
冰的绝美
都是生命的依赖
我来或者不来
你都在那里
唱响这个晶莹剔透的午后
我相信我的血
明天也会是白色的

湍急地流过这冰雪世界
在这壮美瑰丽的
雪原之国
我愿做一粒尘埃
在大地之母的胸膛
谛听冰雪的脉动
我渴望
回到生命的原点
哪怕是一粒尘埃
也不会有一点的苟且

□ 引子

  2015年2月10日，农历小年上午，上海阳光明媚、云淡风轻，我从南京东路外滩办公室去往延安东路外滩高登大厦的阿根廷领事馆面签，也就是几条马路的距离。一路上是熟悉的街景，熟悉的外滩老楼，似乎连空气也似曾相识。

  春节前的阿根廷领事馆人头攒动，一派忙碌的景象，那景象像是铆足了劲的人在等待春节出行的发令枪，枪声一响，旅行的春潮便会喷涌而出。为了完成南极的远行，我做了史上最繁杂的签证准备：一个在职公证往返上海东方公证处两次；一张银行信用记录单又往返银行两次，家庭成员表格中已故的父亲也被背书了一下。没有最烦，只有更烦，好在这一切不过是一场欢爱的前戏，再多的烦恼也是为了达成一个喜欢的目标。更为戏谑的是，这种复杂的前期准备与签证最后取得并没有太大的关系。我们团队中最后四人的签证面试波澜不兴，那位看上去有点凶巴巴的阿根廷女签证官更多的像是朋友间的聊天，宗教、探戈、足球信手拈来，谈到足球，说起申花足球队前主教练巴蒂斯图塔，更是"满血复活"。最后，"奶奶级"的女签证官一声旅途愉快之后又赠送我们每人一个阿根廷南极纪念章，这意味着通往南极的旅行即将开启，有了这份既繁又易的签证，通往南极就没有了最后的技术障碍，想着十几天后的南极之行，不由得生出一份期待和憧憬。

上海至多哈（2015年2月22日）

2015年2月22日（农历初四）晚上19:45，我们准时离开家门，天气预报显示晚上有雾，但送我们去机场的车上了中环之后，天气状况并没有太大异常，沿途的灯火不算通明，也不乏亮点。初五是农历接财神的日子，性急的人已在此时开始放鞭炮，在中环上也能听到零星的鞭炮声。到了浦东机场2号航站楼，在指定的地方遇到同团团友，我们这个南极旅行团是一个带着使命的旅游团队，由中国陶瓷鉴赏专家海波发起，由不少陶瓷艺术家和社会各界达人组成，随团的还有由传媒人王知波领衔的四人摄制组，上海电视台著名主持人夏磊担当团队活动主持人。为了便于团队的统一行动，安排旅行事务的环洲国际旅行社朱峰老总亲自张罗着把全部贴有"带着CHINA去旅行"圆形贴纸的行李去托运。

坐在卡塔尔航空波音777-300ER的飞机上，有种奢华和宽大的感觉。经济舱左、中、右各有三个座位，仍略显宽大，不像国内航班的座位那样局促。波浪形的机舱顶面柔和而舒服，两边紫色的照明光带在光线不足的机舱内看上去分外悦目，与卡塔尔航空的紫红色标志特别协调。飞机在23:50开始滑行，20分钟后准时起飞，浦东机场的灯火在舷窗一侧一闪就消失了。飞机很快爬高并沿着沿江高速一路向西南方向飞去，从云南腾冲出境。晚餐很丰盛，前菜是玉米、黄瓜、鹰嘴豆沙拉拌莲藕，主菜为豆瓣酱煎鱼柳，副菜为炒菜心和蘑菇，主食是蛋炒饭，另外还有甜品。我另要了一小杯白葡萄酒，好酒与美食享用完之后就倒头大睡。一觉醒来，飞机已穿过整个印度大陆，并从卡拉奇边上沿着伊朗南边海岸线一路朝着霍尔木兹海峡飞去，那个像靴子型的阿拉伯半岛已呈现在眼前了，接着，迪拜等中东著名城市也闪现在航程地图上。飞机过了迪拜之后，多哈就快到了，此时飞机已飞了近十个小时，那条从上海到多哈由东向西的轨迹已经筑成，我们即将飞越整个亚洲。然而即使这样，去南极的旅程连一小半都没有到。

飞机在多哈时间早晨5:08、北京时间上午9:08飞

▲ 南极三岛地理方位

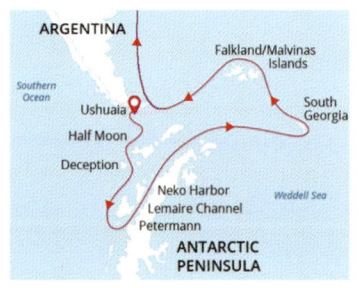

▲ 南极三岛路线图

抵卡塔尔多哈阿德曼得国际机场，在飞机降落机场时，多哈还处于沉睡之中，但多哈的灯光依然耀眼，一如其他国际性大都市。下了飞机，不用出境验关，只要重新排队做一次安检，排队的人很多，有不少带着面纱的阿拉伯女子，她们穿着黑色阿拉伯长袍，只露出两只黑白分明的眼睛，很是醒目。在多哈机场前后耗费了两个多小时之后，上午 7:50，飞往巴西圣保罗的航班准时起飞，此次的飞机型号为波音 777-200LR，与先前的飞机相比，似乎没有多大的差别，至少在外形上一点都看不出。飞机起飞后先向北、再折向西飞行。多哈，一个前往南极的中途驿站就这样挥手而别。

多哈经圣保罗至布宜诺斯艾利斯（2015 年 2 月 22~23 日）

飞机在阿拉伯半岛上空不紧不慢地向红海方向飞去，舷窗下是一片沙漠，看不出任何生命迹象。单调和无聊成了这段航程的主要内容，但再无聊也要打发时间，从多哈到圣保罗的飞行时间约为 14 个小时，漫长的航程加上满满的上座率使坐飞机的人有着路途迢远的难受，而我的座位又恰恰在中间的位置，那种局促感就完全显现出来。于是，我时不时地离开座位，寻找可以放松的空间。在飞机尾部有个小小的空间可以站着活动下腿脚，还有一个小窗可以看到窗外的景色，于是这儿成了我休憩的绿洲，我带着书坐在地上阅读，还与同团的来自景德镇的陶瓷大师建安兄聊天，一聊就是几个小时。在聊天中，飞机下面的非洲大地依次出现，先是尼罗河，河流弯曲多变，在撒哈拉沙漠中蜿蜒伸向北方，紧挨着尼罗河有不少绿洲，形成了一条长长的绿色长带。看着这条非洲的母亲河，顿时有种肃然起敬的凝重。对于尼罗河实在是耳熟能详，从小学到中学，地理课上没少背过这条世界著名大河的一些地理要点，还为它与亚马孙河究竟谁是世界第一长河犯过迷糊。

不多久，尼罗河终于远去了，飞机真正进入了一望无际的撒哈拉大沙漠，舷窗下是沙漠一成不变的黄色，单调得让人昏昏欲睡，缺少生命感知的世界是很让人窒息的。在几个小时绝望的单调中，飞机飞到了非

▲ 飞离非洲西海岸

洲中部,舷窗下面少了单调的暗黄色沙漠,慢慢地出现了一片浅绿色,之后变成深绿色,飞机在向非洲西南方向的热带雨林地区飞行,渐渐地在尼日利亚拉各斯附近飞离了非洲大陆,一头扎向大西洋,那片蔚蓝色的海洋较之非洲大陆面积更大,也更让人赏心悦目。但这种景色也是稍纵即逝,不时有巨大的云团飘来,所有的空间都变成混沌一片。飞机终于飞越了大西洋的中心线,感觉余下的距离已不是遥不可及了,那种长距离飞行的疲劳变得有些麻木和懈怠。航空图显示飞机已飞离大西洋进入南美大陆,在到达圣保罗之前,飞机先从巴西另一个著名城市里约热内卢上空飞过,半个小时之后,机舱内响起将到达圣保罗的广播,一转眼,圣保罗已出现在舷窗外,大片低矮的建筑物布满了城市所有的空间,城市显得有些老旧。飞机很快着陆,到圣保罗的乘客纷纷而下。两个多小时后,大批的新乘客涌入飞机,把一个偌大的机舱瞬间填满。又经过三个小时的飞行,我们的飞机终于降落在布宜诺斯艾利斯埃塞萨国际机场。出关没有太大的麻烦,行李更没有受到任何的检查,整个机场显得非常之小,在机场大楼出口处挤满了不少接机的阿根廷人,他们都穿着夏天的服饰。出了机场,发现机场外也是人来人往一片忙碌景象,而靠左行驶的车辆也一如欧洲的许多国家。当地时间晚上22:00,我们入住了布宜诺斯艾利斯喜来登酒店,到房间安顿好时已近午夜,但人全无睡意,经过三十多个小时的上机下机反复折腾,也搞不清白天黑夜,唯一有认知的是几天没吃到中餐的肠胃在提抗议,于是拿出随身带着的电热杯,煮了满满的一锅面条,配上小袋包装的雪菜肉丝,一顿中国风味的宵夜就完成了。饭饱之后,将就着在同伴的呼噜声中慢慢进入阿根廷的梦乡。

布宜诺斯艾利斯一日（2015年2月24日）

早晨醒来，洗漱完后跑去酒店一楼餐厅用早餐，早餐的伙食全是西式的，看着也是难受，好在所带的萧山萝卜干有了用处。吃完早餐，走到酒店后门处，出门一看，居然是条车水马龙的交通大道。此时，大街上阳光明媚，天特别蓝，上班时间的阿根廷人也是步履匆匆。等团内所有人都用完早餐并在后大堂集合后，我们坐车去中国工商银行阿根廷分行佛罗里达大街营业大厅参观。在布宜诺斯艾利斯一条繁华的商业街上，一幢充满古典韵味的圆形欧式建筑矗立在十字路口，这幢建筑原为当地的银行大楼，在被中国工商银行收购后就成了工商银行阿根廷佛罗里达营业部了。门前有不少路过的市民，他们对一辆车上突然下来数十位中国人有些好奇，围着车看起了热闹。步入营业大厅，那种古朴的典雅风格迎面而来，大厅内有各种漂亮的穹顶、廊柱，还有不少的雕塑和油画，整个建筑犹如一尊精湛的艺术品。在营业大厅的自动取款机前，夏磊用银行卡取了100阿根廷比索，算是一次很好的国外银行取钱的体验。

▲ 五月广场

参观完工行营业部，我们坐车去了阿根廷博卡青年足球俱乐部，俱乐部位于布宜诺斯艾利斯博卡区一隅，球场和俱乐部的房屋外墙一律是博卡青年队蓝黄相间的标志色。俱乐部内的球场相当正规，可以用来举办国内一级联赛甚至国际比赛，球场内至少可容纳一两万人。

▲ 阿根廷探戈

在俱乐部的展览馆中，我们观看了有关介绍博卡青年队队史的纪录片，看到了世界著名球星马拉多纳的雕像和博卡青年队的各种奖杯，银白色的"丰田杯"冠军奖杯放置在一个玻璃橱窗内，闪着幽暗的光亮。我在俱乐部商场里购买了几个可以放硬币、有博卡青年队黄蓝标志色的小钱包，这纯粹是买一份足球情结。

原本安排与博卡青年队二线的球员进行球场互动，但可能时间太早，工行接待人员让我们先去博卡区的一条步行街，那儿是阿根廷探戈的发源地，可以领略原汁原味的探戈。走入步行街，一条街头画廊扑面而来。这条不长的街头艺术画廊给人的第一个直观印象便是两边的房屋墙面都充满了亮眼的色彩，浓烈奔放的大黄、大红色彩，把一条街变成了各种色块的艺术画廊。在这条街上，

▲ 博卡青年队队服　　▲ 布宜诺斯艾利斯港口

有人画油画，有人画素描，有人画水粉画，尽管画风不同，但作品都显现出良好的艺术功力。其中一位断臂的画家，用嘴咬着画笔画画，让我着实钦佩不已。步行街的尽头就是传说中的探戈发源地，这儿有不少酒吧和餐厅，每一家都有探戈元素。我们去的这家餐厅特意请来两位探戈舞者为我们表演，他们精湛的舞技很好地演绎了奔放的阿根廷探戈，受他们的感染，我们团队中的专业舞者佳琦与乌克兰演员欧莉娅等人也都入场一试身手，引得路上的阿根廷行人纷纷侧目。

完成了探戈发源地探秘之后，我们又回到博卡青年足球俱乐部，在训练场上与博卡青年队的业余球员进行了一番互动交流。我参加了他们踢毽子训练脚法的游戏，几个来回之后，就有眼有板地融入他们的团队之中。结束了交流之后，我们去了位于布宜诺斯艾利斯港口的中国工商银行阿根廷分行总部大楼，这是一幢在港口地区有地标意义的

▲ 与博卡青年队业余球员切磋球技

南极篇

高大的建筑,工商银行阿根廷总部的工作人员为我们精心准备了茶点和自助午餐,在顶楼平台我们远眺了布宜诺斯艾利斯母亲河拉普拉塔河出海口的壮观。下午,按照约定去阿根廷文化部参观访问,在一幢古老的欧式建筑内,我们见到了阿根廷文化部部长珊拉,她曾经是阿根廷流行音乐歌手,一点没有名人和官员的俗套,很耐心地听取了我们团长海波对我们此次行程的介绍,当团长海波送上一个有特别纪念意义的山羊雕塑时,这位按中国生肖排行属羊的部长大人有些小激动,居然为我们唱了一首阿根廷民歌,虽然为清唱,但不愧曾为专业歌手,歌声动听悦耳。

▲ 与阿根廷文化部部长交流

下午的最后一个行程是去阿根廷当代艺术博物馆参观。阿根廷当代艺术博物馆位于市中心一条宽敞的大街旁边,深红色的建筑上空飘扬着蓝白条纹相间的阿根廷国旗,博物馆正上方置放了不少巨大的摄影艺术作品,既有艺术的灵动又不失庄重大气。博物馆馆长在我们进入博物馆之前安排了一个欢迎仪式,随后,我们来到各个展馆观赏了各类绘画和

▲ 当代艺术博物美术馆

摄影展品，这里的每幅作品都构图简洁、光影色彩俱佳，让人产生浓浓的艺术共鸣。旅美画家朱者赤观画的神情特别专注，我用相机捕捉到他凝神观画的表情。

晚上我们坐车去市内一家餐馆享用烤肉并观看探戈表演，餐馆坐落在热闹的商业区，从外面看像是一个标准的剧院，有大大的前厅可以让客人稍事休息，穿过前厅，里面是剧院观影大厅改成的就餐区，并用餐桌分隔出不同的用餐空间。我们全团人员分坐在几张长条桌旁，不一会儿，香气四溢的烤肉上桌，然后佐以阿根廷红酒，一餐标准的南美风情晚餐就此开始。但最让人心动的是，在用餐的同时，一场名副其实的阿根廷探戈表演也拉开了帷幕，伴以阿根廷著名的探戈大师皮亚佐拉的探戈音乐，那些身穿盛装的舞者们开始在就餐区前端的舞台上翩翩起舞，在灯红酒绿中，舞者的探戈激情和性感表现得完美无缺。这是第一次身临现场观赏这样的探戈舞表演，我完全陶醉在探戈舞者多变的舞步中。探戈，

南极篇 11

这一最能展现人类灵魂和性感的舞蹈形式,在探戈的故乡如此地激荡着我们这些来自遥远东方的凡夫俗子。

乌斯怀亚(2015年2月25日)

早晨五点半,窗外还是漆黑一片,我们已从酒店赶往布宜诺斯艾利斯的霍尔赫纽贝里场,从这个国内机场出发去位于阿根廷最南部的乌斯怀亚。到达机场时,晨曦渐露,红色霞光在远处的地平线上一点点地扩大,把海面染得通红,面对如此绚烂的美景,走在机场通道上的我竟然

▲ 机场晨曦

挪不动脚步，取出相机拍照，但隔着玻璃窗又觉得不够过瘾，便走出机场大厅，站在路边拍摄早霞的绝美。8:00过后，我们上了智利航空公司的飞机，这是一架挪威海达路德游轮公司的包机，包机把我们送到乌斯怀亚后，我们将从那儿坐海达路德游轮公司的"前进号"邮轮出发去南极。海达路德游轮公司是欧洲最负盛名的极地探险旅游运营商，创立于1893年，"前进号"邮轮是其属下的主力船之一，行驶于南极地区和北冰洋高纬度地区。包机起飞后，沿着阿根廷大西洋海岸线一直向南方飞去。飞机下方白云朵朵，甚是漂亮，但可能起得太早，没多久便打起瞌睡，迷糊中，飞机已在阿根廷和智利两国共享的火地岛上空，不久就飞临了落在火地岛峡湾中的乌斯怀亚。大约在中午11:00，飞机开始向乌斯怀亚机场跑道俯冲下去，跑道的一头与海平面几乎连在一起，在落地的一瞬，乌斯怀亚的海面呈现出一种灰暗的色彩，显得特别凝重。

▲ 乌斯怀亚机场一侧

乌斯怀亚机场明显属于袖珍型机场，候机楼面积很小，一个转身就能跑出机场大楼。候机楼外是一片肃杀的深秋景象，远处是带有冰川的雪山，近处是空旷的蒿草地，风吹在身上，让人感觉特别寒冷。我们趁着部分团员还在等待行李的当口，走到机场旁边长满蒿草的荒地，浏览机场四周的景色。除了隔着海湾依稀能看到非常之远的道路和房屋外，几乎难以见到城市的景观，而在荒凉的草地尽头，有一幢蔚蓝色的房屋矗立在天穹之下。近在咫尺的机场跑道上不断地有飞机降落和起飞，显现出乌斯怀亚是个繁忙的城市。乌斯怀亚这个世界最南端的城市是通向南极的跳板，全世界的游客去往南极几乎都是从这儿出发。站在乌斯怀亚，世界上其他所有的城市都在它的北方。

离开机场我们即去火地岛著名的最南邮局，在车上，导游说我们所走的这条路就是著名的泛美洲公路，它的起点在美国阿拉斯加，从阿拉斯加一直向南经过加拿大、美国、墨西哥、过中美洲到秘鲁、智利、阿根廷等总共15个国家，全长48000多公里，乌斯怀亚为终点，是全世界最长的公路。半个多小时后，我们到了一个很大湖边，湖上乌云密布、天色阴沉，但风景绝佳。湖边有座长长的栈桥，桥头有个火红的邮筒，桥的另一头有个木屋，木屋顶上挂着阿根廷和智利国旗，一面木板墙上贴满了各种明信片，这就是著名的全世界最南邮局，在全球有关阿根廷旅游资料中都介绍过这家最南邮局和它的主人。在小木屋内，我们遇到了邮

▲ 世界最南邮局

局当家人——一位看上去憨厚但却是网上红人的阿根廷老人。刚进屋时,老人非常友好地与我聊天,但进屋的人多了之后,买明信片和其他纪念品的人涌向老人,挤成一团,面对如潮的人流和喧嚣声,老人有些招架不住,恼怒之下就不卖纪念品了。后来在我好言相劝之下,哄住了脾气超大而又固执的老人。离开最南邮局,我们又坐车去阿根廷国家公园用餐，在公园餐厅里吃了一餐地道的阿根廷快餐，这里也是阿根廷和智利边境地区，过一条河或一座山就是智利的领土了，在这里阿根廷与智利两国经常会有领土纠纷。公园内还有一个可以盖签证章的地方，游客可以让管理人员在护照上盖一个乌斯怀亚的签证章，我们团有不少人盖到了此章。从公园出来已经是下午，我们即去乌斯怀亚港口码头，从那里我们启程前往南极。

红白相间的"前进号"邮轮已静静地泊在码头，粗大的缆绳牢牢地固定住了邮轮，上船的跳板连着邮轮和码头，上上下下的人员就在跳板上来回穿梭。我看上船时间尚早，就在码头上边玩边拍照。码头另一侧正好有个货轮在卸货，一群码头工人看着我在拍他们，先是大方地摆出动作让我拍个过瘾，又邀我与他们一起合影，没想到这些阿根廷码头工人如此痛快豪气。到了上船时间，我拖着行李上了三层平台办理登船手续，交上护照和银行信用卡，然后船员为我拍照并立即做了一张印有照片的房卡，凭着这张的房卡，我可以在船上各个场所任意消费以及用作登陆

▼ "前进号"邮轮

证件。我被安排在房号为301的一个靠前部的三等舱房间，房间很小，但很紧凑，有两张并排的小床，有独立卫生间和写字桌，还有不少橱柜可以放置行李杂物。我有幸被船方安排独自一人住宿，因而房间虽小，但相比两人同住一屋是少有的奢华了。

放置行李后，我便去船甲板上走走看看，在后甲板上看到不少同团的旅友已经聚集在那儿，观赏乌斯怀亚港口的风光。乌斯怀亚港口晚霞渐起，远处山峦隐约，海水波平浪静；近处邮轮密集，大大小小的邮轮出港进港，显得繁忙而又活力四射。不一会儿，邮轮工作人员通知乘客到指定的地点集合，进行启航前例行的逃生演示授课，按照邮轮房卡编号，我被安排在后船舱一侧。船员给我们讲授了邮轮遇到紧急情况时，我们应该如何听从船员的指示按照指定线路逃生，以及如何穿着救生衣和登陆救生艇。课程简短，但比较实用。在做完这一切后，"前进号"拔锚启航。

船离开港口时，港口中其他邮轮甲板上站着不少的游客，他们见我们的邮轮启程，都热情地向我们挥手道别，我们也像是与老友告别一样激动地挥手。乌斯怀亚港渐行渐远，在那一瞬感觉像是去完成一项伟大的事业。邮轮驶出港口后，我就在船上四处溜达，熟悉邮轮的各个楼层和部位。"前进号"上下共有八层，自下而上，第一层为动力层，第二层是装有冲锋艇的设备层，第三层是客舱，第四层前半部分是大小不一的两个会议室，中间为服务中心兼一个小卖部，服务中心旁边是一个休闲区域，置放了不少沙发，供游客日常小憩。从服务中心过一个长长的走道即是位于后部的邮轮主餐厅，南极旅程中所有的用餐都在这儿。第五层和第六层也均为客舱。第七层前半部分是一个扇形的酒吧，客人晚上有空闲可在酒吧中找一个空位喝上一杯，在这里还能听到船方安排的钢琴弹唱。在酒吧门口有一个微型图书阅读书架，在那儿有不少精装版的图书和报纸。第七层后半部分为健身房，有健身器材和一个乒乓球桌，健身房后面有一个露天的圆形温泉泳池。在第五层和第七层分别有一个前甲板和后甲板。第八层为驾驶层，游客未经允许不得入内。从第二层至第七层有两部高速电梯供游客上下。走完一圈，夜色已降临，"前进号"邮轮一直在比格尔海峡中航行，此时，邮轮上已经灯火通明，船尾的豪华餐厅开放了自助餐，丰盛的食品让人垂涎欲滴，我在那儿美美地享用了船上第一餐。用完餐后，发现船开始摇晃起来，明显感觉到船在波涛汹涌中进入了深海。我不敢怠慢，在服务中心花了点美元买了两粒晕船药，但又有些不甘心落个吃药去南极的名声，当听说同团的画家国恩兄需要，便把药转送给了他，幻想能凭自己的能力渡过德雷克海峡，因而早早跑回房间睡觉。这一晚，船一直在摇晃，但因为躺在床上，也就在迷糊中进入梦乡，去南极的第一夜就这样在平静中度过。

过德雷克海峡（2015年2月26~27日）

德雷克海峡的大名早在中学时代上地理课时已有领教，这个位于南美洲大陆与南极半岛之间的海峡是世界上最宽的海峡，其平均宽度在900公里以上。同时，德雷克海峡又是世界上最深的海峡，其最大深度达5200多米，如果把"五岳"中的华山和衡山叠在一起放到海峡中，连山头都不会露出。除了宽度和深度之外，德雷克海峡的知名度还体现在它的风浪上，由于地处南纬60°的西风带上，而周边又无大陆阻挡，畅行无阻的西风把包括德雷克海峡在内的南大洋区域搅得狂风巨浪不断，几乎每天的风力都在八级以上，即便是万吨巨轮，过德雷克海峡也不过如同一叶小舟，随时可能倾覆海底。因而，德雷克海峡又被称为"魔鬼海峡"和"暴风走廊"。

在度过一个尚算平静的海上之夜后，邮轮在风浪中进入了德雷克海峡。早晨醒来，一直感觉船和人都处于一种非常明显的摇晃之中，又不时能听见巨大的浪涛声和巨浪拍打船身所发出的声响。抬眼看窗外，窗玻璃上全挂满了水珠，那是海浪拍打船身时留下的痕迹。下床后，感觉船摇晃得更为厉害，人根本就没法好好的站立，匆匆搞完个人卫生后竟有些眩晕的感觉。于是，只能重回床铺躺下，如此人才稍为好受一些。在床上听到广播响起，广播用英语、德语、中文三种语言通知游客凭房卡去二层设备船舱领取邮轮赠送给每个游客的特制防水防风冲锋衣，同时试穿在南极登陆所用的雪地靴。根据国际南极旅游组织协会（IAATO）的规定，登陆南极大陆的游客都必须穿上船上提供的雪地鞋，任何人不可以穿自己的鞋上岸。可能是因为我处于眩晕的状态，所以不愿起身，就躺在床上呆呆地看着天花板，想等稍微感觉好些再说。一个多小时过后，船摇晃得更为厉害，同团的导游小刘来房间催促，说是冲锋衣已被领取了不少，再晚去可能会找不到合适的尺寸。于是，我只能走出房间，来到船舱过道上，人几乎无法走成直线，在跌跌撞撞中来到了储物室。储物室很大，长长的几排木架子上挂满了黑色长筒雪地靴，雪地靴很是笨重，穿脱一次费劲不小。我领取了一件蓝色的冲锋衣，并试穿了一双合脚的长筒雪地靴，这双雪地靴在南极时就专属于我，只要下船登陆，就必须穿上这双雪地靴。从储物室出来，我去餐厅用早餐，但没吃上几口，就因为船摇晃过度而一阵恶心，连忙跑向隔壁卫生间，趴在水斗上呕吐，吐完后又摇摇晃晃地走回房间。此时，人很是难受，只有躺在床上，似乎人才不觉得那么的眩晕。

躺在床上，无所事事，就天马行空地胡思乱想，后悔昨晚没有把所购的晕船药吃了，如果吃了或许就不会晕船到呕吐。想着刚入德雷克海峡就已经呕吐，南极路途迢迢，接下去不知该如何度过。到了午饭时间，但根本没有想吃饭的念想，看见食物就有想吐的感觉。就这样一直躺在床上，到了下午三四点钟时，船摇晃得更为厉害，只是从床走到卫生间，居然又吐了一次。可能是腹中已空，只能吐出一些黏液。此后，老友徐兄来到房间，问我情况如何，我只能以苦笑回答。他告诉我整条船上的游客基本都在晕船，只是程度大小不一，我们团里有几位比我还严重，都开始输液了。他建议我吃点东西，增加一些能量。我听从了他的建议，用电热杯煮了一点稀饭，但还没等到全部吃完，胃突然有种翻江倒海的难受，连忙从床下拿出垃圾桶一吐为快。吐完之后，算是彻底"歇菜"，翻身回到床上，此时感觉床就是诺亚方舟，只有躺在床上才会有些许的舒坦。既然什么事都无法做，就半躺着冥想，想到耗费了那么多银子万里之远来这儿，居然只能躺在床上不能动弹，到达南极时还不知能不能上岸，不免有些伤悲。晚上7时过后，船仍在大洋中持续颠簸，但一天没有好好吃过一餐，有些抗不住饥饿，便跌跌撞撞地来到餐厅。此时餐厅人影稀少，自助餐桌旁边的碗盆都在装有弹簧的网套中随着船身的摇动而上下起伏，很有韵律喜感。我坐下没多久，吃了几口菜，一阵浪涌过来，桌上的菜碟一下子划过桌面，若不是用手挡住，菜碟早就滚落桌下。而随着风浪的加剧，胃也越来越难受，最后抗不住浪的涌动，跑向卫生间一吐了之。这是一天中的第四次呕吐，吐完之后，我跑回房间睡觉，也真是十分奇怪，人只要一沾上床立马就有舒适的感觉。我在昏睡中度过了德雷克海峡的第二个夜晚,是夜风浪很大,而且有些恐怖的感觉。

第二天醒来,风浪依旧很大,勉强起床后,仍然有眩晕的感觉,但相比昨天已经明显感觉好了许多。起床后,看见门前的地上有一张纸,拿来一看竟让我有些目瞪口呆,这是邮轮给我的就诊通知,让我于早晨9点至12点,或下午2点至4点时段,带着病历卡去船上医院就诊。不明白邮轮怎么会给我这样的就诊通知,可能是我同团的朋友见我呕吐次数过多并昏睡了一天,怕我出意外就告知了邮轮。但我对照了当下的身体状况,觉得没有上医院就诊的必要,反而有想吃上一餐的想法,于是就去餐厅吃饭,虽然走路仍然有些东倒西歪,但至少吃下了一些汤汤水水的热食而且不再呕吐。吃完早餐后,一个人坐在连接餐厅与酒吧的过道沙发上,明显感到精神不振。此时,团友过来问我今天是否好些,并告诉我一个对付晕船的办法,即眼睛盯着起伏的波浪,同时身体随着船摇晃的节奏轻轻地起伏摆动。我稍稍试了一下,眼睛死死地看着波浪,身体随着波动的起伏而起伏。没想到,这个办法还真有些灵验,人感觉比先前好了许多。

坐了一会儿,我起身离开,跑到了后甲板上,这儿空无一人,虽然有些寒冷,但因为有阳光照射,感觉还能承受。此时,船行驶在茫茫的德雷克海峡之中,船尾的海面被螺旋桨划出一条水道,给单调的海面带来一丝变化,让眼睛不再感到枯燥。我站在船尾的栏杆边上,慢慢地打发时间。经过昨天一天的晕船,此刻我最大的愿望便是能够不晕、平安地到达南极。也不知什么时候,偌大的海面上出现了一些浮冰,远处的地平线上出现了微小的黑点,继而黑点变大,像是浮在海上积木般的小冰山,开始只能看到一个微小的冰山轮廓,但渐渐地,船向冰山靠近了,冰山高大而冷峻地矗立在那儿,而且周边的冰山越来越多。此时方才明白,我们已快渡过了近千公里之宽的德雷克海峡,进入了南极地区南设得兰群岛(South Shetland Islands)的海域。此时有些小激动,一是终于到达了期盼已久的南极地区,完成了此生的一大夙愿;二是海面的浪越来越平静,晕船的感觉越来越小,终于摆脱了晕船的痛苦。到吃午饭时,船的周边开始不断地出现巨大的冰山,在离船一两公里的样子,像是在专程迎接我们。一边享用着美食,一边观赏着美景,在这样的景观前,我已完全进入了愉悦的模式。

🔲 到达南极（2015年2月27日）

下午三点左右，邮轮在一片冰川覆盖的小岛前停泊下来，从广播中得知，此小岛是南极南设得兰群岛中的半月岛（Half Moon Island），半月岛位于南纬62°35′0″，西经59°55′30″，是我们到达南极地区登陆的第一个点。登陆前要做大量的准备工作，除了下锚固定邮轮，还得将那些每艘可坐9～11人的冲锋艇从邮轮的二层设备舱中移放到邮轮中部的登陆平台上。同时船上的探险队员们要先驾冲锋艇至半月岛，安排好登陆点和游客活动区域。邮轮探险队员是邮轮专门为游客提供登陆保护的专业人员，他们都有着很丰富的探险经历。探险队员忙碌地来回奔波，而我们则悠闲地在船侧甲板上观赏风景，等待登陆的指令。可能是看到了南极冰川，同团的几位陶瓷艺术家们纷纷拿出了携带的陶瓷作品，用

▼ 半月岛海滩

南极的冰川作为背景，拍摄了不少陶瓷摄影作品。来自龙泉青瓷小镇的梅红玲工艺大师把她的得意之作——老子人像青瓷雕塑放在船侧的栏杆上，从多个角度拍摄，我很是为她担心，如果一不小心把作品掉落海里，那损失可谓大之又大。东华大学艺术系赵强教授的那套山水瓷器作品也被当作了摄影模特，看着他们忙碌的身影，真心钦佩艺术家们全身心的艺术投入。

听到邮轮广播，我们这一组终于可以登陆了，我们穿戴好所有御寒的衣裤，套上黑色高筒雪地靴，从邮轮中部的二层平台下到泊在邮轮边上的冲锋艇，冲锋艇向着半月岛急驶而去。此时，冷风吹来，我们不得不蜷缩在冲锋艇内并裹紧身上的衣服。好在从邮轮到半月岛海滩的这段距离并不太长，也就三五分钟，我们已从冲锋艇上跳下，踏上了碎石和白雪混合的半月岛海滩。在踩地的一瞬间，心情有些异样，毕竟在海上漂泊了数天之后才在南极海岛落地。落地后环顾四周，到处是冰天雪地，地上的积雪虽然不是太厚，但靴子踩下去还是能听见脆脆的声响。雪地中有不少个头不大的帽带企鹅，它们摇晃着娇小的身躯在雪地里大大咧咧地走着，一点都不顾忌我们这些陌生人的惊扰。当有些游客准备走近这些企鹅拍照时，遭到了邮轮上探险队员的严肃阻止。而且在海岛四周各个点，都有邮轮探险队员把守，我们不能走出他们划定的区域范围。事实上，在船上时我们已再三被告诫，所有的游客都得遵守国际南极旅游组织协会制定的《南极公约》，即不能触碰南极的动物，不能喂食动物，不能遗留任何垃圾，不能捡拾包括石头在内的任何物品。用一句通俗的话概括，就是在南极，除了照片不能带走任何东西，除了记忆不能留下任何物品。对我而言，虽然在去南极之前，我做了大量有关南极的功课，阅读了不少介绍企鹅的资料，但企鹅不是吸引我眼球的目标，直到转过一个山坡，看到了上千个帽带企鹅聚集在那儿时，才催发了我走近企鹅的兴趣。这些身材娇小的帽带企鹅见了我们这些游客一点也不胆怯，摇晃着身子走向我们，这也给我们近距离拍摄带来了便利。只是，这些帽带企鹅的个头与色彩与我想象的企鹅形象有不小的差距，所以拍摄的照片并不多。

在半月岛的一个山坡上，在南极寒风凛冽的雪地里，我展开了那幅从上海带来的有立信 LOGO 的环保宣传旗帜，旗帜上印有南极地图并写着"保护人类家园南极"的标语。这是我的一个公益小行动，顺便为所

▲ 半月岛冰川

在单位做一点品牌宣传。拍完照片后我就开始在半月岛四周闲逛，突然被前面一阵尖叫声吸引，原来是一个海狗在龇牙咧嘴地追逐一位游客，海狗不大的身子在海滩上飞快地奔跑，追得那位游客跌倒在地。眼见海狗快追到了游客，还好来了位探险队员，他弯下身子，对着海狗用手掌拍出很大的声响，把海狗吓了回去。翻过一个平缓的山坡，我来到了半月岛海滩的另一侧，这儿几乎没有游客光顾，我沿着海边慢慢地走着，这儿的风更加寒冷刺骨，若不是我穿戴严实，肯定会冻得落荒而逃。此时，空气中弥漫着一股微微的海腥味，眼前的一大片海水中布满了棕红色的海带，它们在海水中起伏波动。棕红色的海带与远处的冰川构成了一种冷暖色彩的反差，有一种特别的怪异。我蹲下身来，在冰冷的海水中扯了一点海带放入口中，舌尖上顿时渗出苦涩的滋味，连忙吐掉，离开这片拥有大片海带的海滩，往回走去。我是最后离开半月岛的几位游客之一，对于在海风中等待我们多时的几位探险队员，我们有些过意不去，连忙上到冲锋艇，回程的海上比来时更寒冷，即便是戴着手套和帽子，耳朵、手指但仍被冻得发痛。在我们到达"前进号"邮轮时，邮轮上已有灯光亮起，顿时一股暖意涌上心头。在上到邮轮前的最后一刻，我们的雪地靴被高压水枪进行了大力冲洗，特别是靴底，需要抬起脚来让水枪做重点清洗，做完这一切后还要走入装有消毒药水的水池中过一下，此举是每次登陆必做的功课。

回到船上，邮轮立即拔锚起航，在船舱内脱下厚重的保暖衣裤，来到餐厅，这么多天来，算是头一次安心用餐。坐在餐桌旁，打开从国内带来的白酒，喝上一杯，既是应对先前岛上的寒冷，也算是为今天的圆满登陆表示庆贺。餐厅里的菜肴琳琅满目、应有尽有，特别是三文鱼等海鲜要多少有多少，而餐后的冰淇淋，不仅量多管饱，而且味道特别可口，让我这个平时不多吃甜食的人也忍不住多要了几份。吃完这餐有酒有海鲜的美食，人就从晕船的不适中完全走了出来。晚上，很有兴趣地来到七层音乐酒吧，要上一杯啤酒，听一位英国老歌手约翰边弹钢琴边唱的即兴演奏，据说这位演唱水平相当了得的英国老人曾是一位职业歌手，退休后耐不住清闲，跑来船上演出，既是打工，也是消闲。酒吧出来后，夜很深了，邮轮在拉什拉尔海峡行驶，四周一片漆黑，于是跑回船舱，倒头睡觉。

天堂湾（2015年2月28日）

早晨，被一阵强烈的抛锚铁链滚动声惊醒，起床后看见邮轮停泊在一片宁静的海域中，这片海域称为天堂湾（Paradise Bay）位于南纬64°49″，西经62°49″，因为它的景色美丽如同天堂而得此名。天堂湾前方两侧则是一片被白雪覆盖的连绵冰山，我们今天早晨的活动就是登陆这片冰雪覆盖的雪山，这儿属于真正意义上的南极大陆。此次"前进号"邮轮到达南极地区后，基本的航线就是在南设得兰群岛和南极半岛附近海域航行并择机登陆，昨日登陆的半月岛就属于南设得兰群岛，而今日就将登陆南极大陆。南极大陆面积为 1400 多万平方公里，约等于 1.5 个中国或美国的国土面积。整个南极大陆几乎都被冰雪覆盖，冰盖平均厚度为 2300 多米，最厚处达 4700 多米，其

▲ 天堂湾之一

中最高的文森峰海拔 5140 米。南极大陆气候酷寒，极端最低气温曾达到 -89.2℃，有"世界冷极"的称号。能登陆南极大陆，即便没有进入到南纬 66°34′ 的南极圈，也足够可以有些小骄傲，所以有些期望，也有些

▼ 天堂湾之二

迫不及待。

此时，邮轮的探险队员们正在忙碌着登陆前的路线勘探，我站在前甲板上，通过300毫米的长焦距镜头，可以清晰地看见穿着羽绒服的探险队员们正沿着陡峭的山坡一点点地向山崖的顶点迈进，在皑皑的雪地里，探险队员们的身影格外的醒目，他们在雪地上插了不少的旗子，是用来圈划我们的活动范围。在南极登陆地区，我们的活动区域是会受到严格控制的，因为一不小心，就有可能出现失足落进冰窟等意外。除了正在忙碌的探险队员们，还有几艘冲锋艇来回运送各种登陆所用的器物，冲锋艇划过的水面泛起一层层美丽的涟漪，给这个宁静的早晨带来了动感的愉悦。

广播里又一次响起醇厚的中文广播，这是海达路德游轮公司为所有中国游客特别安排的中国事务总管兼翻译刘结先生在告知今日上午的活动安排和登船顺序。吸取昨日被寒冷折磨的教训，我今日特意多加了一件羽绒背心。

冲锋艇载着我们摆渡过一小片水域，在一个阿根廷人废弃的科考站边上的码头送我们上岸，一上岸便闻到一股难闻的腥臭味，定睛一看，栈道两边散落着不少巴布亚企鹅，臭味是企鹅粪便所致，栈道上潮湿的残雪加上粪臭，使得码头周边环境显得有些脏乱。面对我们这些远道之客，这些企鹅显得若无其事，有些企鹅还朝我们走来，若不是探险队员在一旁看管，团队中的不少人会靠前与企鹅拍照。我们沿着探险队员给我们划出的雪道慢慢向山顶走去，雪很白，也很松软，脚踩在雪里很是舒服。而愈往上走，冰雪景观就愈发美丽。站在白色的雪道上向山下俯瞰，雪白的

▲ 天堂湾之三

冰坡以一道美丽弧线延伸到远处的海湾，与湛蓝的海水连成一片，停泊在远处的"前进号"邮轮的红色船身在蓝白色的山川中特别悦目。四周全是晶莹剔透的雪山，那种白里透蓝的冰色看得让人心醉。在这儿，我完全体会了南极大陆是一个雪原之国的内涵，雪原之国是纯净而又洁白的，在连绵的山峦中，白色是一个基本的原色，占据了我们所有的视线，那些偶尔在白色中裸露的黑色山岩只是点缀了白色的明亮。思维在这片

▲ 天堂湾之四

白色的世界里变得单纯起来，人有些木讷，行动有些迟缓，呆呆地看着眼前这样一个白色的世界，仿佛纯净溢满了眼睛。

到了探险队指定的一座山峰，我们便不能再往上登攀。于是我们聚集在山峰上庆贺到达南极大陆。大家展开携带的各种旗帜和横幅合影留念。回程时在探险队员的建议下，直接从山峰上沿着向下的坡道滑去。有雪的坡道很滑，整个身体在坡道上飞速地下滑，几乎无法很好地控制住身体，但这种风驰电掣的快感却是从未有过的刺激。滑到坡底，虽然是四肢朝天、人仰马翻的窘态，但禁不住南极雪地带来的飞翔诱惑，起身往回再次下滑，又感受了一下这种在雪地里撒欢的快乐。在坡底，同团的朋友，不管男女老少都在雪地里打起雪仗来，雪在空中飞扬，人在雪堆中打滚，这种难得的举动，或许只有在南极的冰天雪地里才会发生，人本能中的随性和童真在这一刻发挥到了极致。雪原之国的狂野豪迈，一下子定格在这样一个美丽的早晨。

回到船上,午餐的饭量大增,午餐后,邮轮起锚出发。此时,我们的邮轮进入了南极最负盛名的勒美尔水道,水道长约6.8英里,船两边时而出现连绵不断的冰山,它们与船的距离有远有近,有时船甚至是擦着被冰雪覆盖的山岩慢慢地行驶。船上所有的人都挤到了船的前后甲板和两侧过道,看着映入眼帘的高大冰雪山岩和水中急速流动的冰块,所有的人都有些木讷的感觉,除了发出不同语言的赞叹声,已经没有更多的表情。确实,这样壮观的冰雪景观对于没有来过南极的人,第一反应无疑是震撼,而且这种震撼是交织着游客对南极冰雪壮观的敬畏和对南极冰雪纯净的膜拜。邮轮的广播响了,广播在不停地介绍勒美尔水道的美丽和我们这一路上所遇到的一些奇特景象。在观看美景的过程中,各国的游客都体现出良好的素质,如遇到身体的触碰,双方都会在第一时间

▲ 天堂湾之五

▲ 天堂湾之六

做出礼貌的谦让，美丽的景色、友善的氛围更增添了我对自然景观的良好感受。此时，邮轮广播中突然播报前方水域有鲸鱼的消息，顿时把全体游客的兴致调高了，在经过南设得兰群岛海域时，我们已经看到过鲸鱼的踪影，但因为过远而无法看得太清。在现在这片狭窄的水道里，有鲸鱼自然可以看得清楚。我来到餐厅左侧舷窗，这儿视野更为开阔。突然前方的海面上出现了一道黑影，慢慢变成了一条线，继而海平面上出现了鲸鱼标志性的宽大尾巴，并看到鲸鱼头部喷出了高高的水柱，一条长达十多米的近乎完整的鲸鱼出现在我们眼帘中并持续定格。但让我们真正感觉震撼的是在这条鲸鱼的周围还有很多它的同伴，多年来在书本和电视、画册中的鲸鱼形象终于在这一刻变得真实和鲜活，真为自己的"眼福"庆幸。

下午4点左右，我们在一个无名海域停了下来，这儿有无穷无尽的巨大冰山，而且这些冰山在风力和海流、海浪的影响下，造型千姿百态，有的呈蘑菇状，也有的呈弯月状，更有一些像是一组巨大的冰山塔林。在我们邮轮的正前方，是一组特大的冰山岩壁，它们在阳光下闪着耀眼的光泽。在一块漂浮着的巨大冰石上,有几只企鹅栖息在那儿,那份悠闲让人羡慕无比。下午的活动除了有部分游客进行海上巡游的项目外,大部分游客被送往彼德曼岛（Petermann Island）登陆。冲锋艇在冰川和我们的邮轮间忙碌穿梭,它们在海面上划出的美丽波浪与静谧的冰山交相辉映,给端坐在甲板上的我带来独自悠哉感受南极的机会。南极是一个绝好的把往日忙碌生活归零的地方,在纯净的冰雪之间,心可以慢慢地纯化,可以放松,挣脱所有心灵的枷锁。这或许也是人们来南极的初衷:

▲ 天堂湾之七

▼ 天堂湾之八

▲ 彼德曼岛企鹅

在自己有限的生命岁月里尽可能地拓展自己的视野宽度,这不仅是一种生命的充实,更是心灵的充实。只是南极万里迢迢,来一次需要付出的体力成本、时间成本和钱财成本实在有些大。

　　广播响起,我们这一组听到登陆的指令,便坐上冲锋艇开始在海上穿越。在经过那些巨大的冰山时,可以清晰地看到浸没在海水中的冰块透出一种绿宝石般的蓝绿色,这种蓝绿色是那样的透彻心肺。我把手伸进海水中,感觉到彻骨的寒冷,连忙把手拿回。海水与冰交融的地方还能略略地听到冰融化的声音,那实在是一种奇妙无比的响声。来到彼德曼岛后,在一片冰雪世界中看到了裸露在冰雪中的黑色岩石,这里也许是南极少有的不被冰雪覆盖的地区。行走在岛上高低不平的岩石上,极目远眺连绵的冰山,呼吸着冰凉的空气,有一种透心的舒服。岛上散落着不少的企鹅,但这儿的企鹅基本以巴布亚企鹅为主,与前一天在半月岛上看到的帽带企鹅相比,巴布亚企鹅体型大了一号,嘴唇边有一道红色印痕,脚蹼也呈鲜红色。突然,我看见在远处的一片荒石上出现了一幕自然界生灵残杀的景象,一只乌灰色羽毛的贼鸥从空中俯冲而下,攻击两个正在山岩上觅食的巴布亚小企鹅,一旁的企鹅妈妈展开双翅全力冲向贼鸥,与之搏击,贼鸥见此只得抽身飞离,但又旋即返回。如此周而复始多个回合之后,又一个贼鸥加入搏击,两个贼鸥分两路包抄进攻,但企鹅妈妈左扑右挡,使出浑身解数不让贼鸥近身,贼鸥终因无法得手而不得不悻悻而去。

  晚上,邮轮有一个野外露营的项目,这是邮轮提供的一个付费探险项目,即由探险队员帮助游客在邮轮附近无名小岛的雪地里支起帐篷露营。这个项目因报名人数太多,报名后需抽签,而且还得支付200多美元。我报了名,但没有被抽到,只能看着团长海波和老樊等其他几位团友坐着冲锋艇去不远的岛上度过一个非同寻常的南极露营夜晚。我虽然没能去露营,但也算因祸得福,在邮轮后甲板的温泉池中觅得了一个空位。在寒冷的夜晚中,穿着泳裤,躺在温暖的池水里,看着头顶上的浩瀚星空,在冷暖交替感受中与星空对话,实在也是件可遇而不可求的美事。

▼ 彼德曼岛冰川

彼德曼岛海湾

洛克雷港上空的蓝天白云

洛克雷港（2015年3月1日）

昨晚因为有露营的活动，所以邮轮处于静止状态，没有了行驶的马达声干扰睡眠的质量自然就提高了很多，早晨醒来感觉神清气爽。吃完早餐，昨天露营的团员也回到了邮轮上，邮轮便起锚前往南极旅程的重要一站——洛克雷港（Port Lockroy，南纬64°49′，西经63°29′），洛克雷港以前是英国人开发的一个科考基地，现在已变成了一个南极博物馆，记录了英国人20世纪四五十年代在此开发的真实生活场景，是南极最为著名的旅游目的地之一，位于高迪尔岛上。没过多久，邮轮已到了洛克雷港外水域，但由于洛克雷港登陆点很小，每次只能限两艘冲锋艇同时登陆，所以需要排队等候。我见等候的时间漫长，便独自一人跑去七层的甲板，从高空俯瞰港口上船只和人员的往来。今日天气出奇的好，阳光明媚，一扫前几日的阴沉。在阳光下，天空湛蓝，远处的冰山连绵起伏，蜿蜒不绝，白色的山体在阳光的照射下闪烁出强烈的光泽，刺得眼睛几乎难以睁开。冰山的倒影落在海水中，呈现出一抹特别宁静的色调。远处，一艘冲锋艇缓缓地朝着邮轮方向驶来，红色的船身在蓝色的海水中显得特别显眼，冲锋艇驶过之处，划破了平静的水面，但也勾勒出一幅水天一色的美丽画面，我拿出相机和手机，拍下了这一绝美的画面。

终于登上了洛克雷港，狭窄的便道上全是泥泞的湿土，雪地靴上沾满了碎雪和企鹅毛。走在岛上，见到最多的是巴布亚企鹅，这些巴布亚企鹅对于庞大的人流竟然一点都不在乎，它们或独自在雪地里大摇大摆地走着，或是三三两两地嬉戏，完全一副洛克雷港主人的模样。在一块岩石上，有一大一小的两只企鹅正嘴对嘴地喂食，小企鹅的嘴巴深深地插入企鹅妈妈的喉管，企鹅妈妈把嚼过的食物送入小企鹅的嘴里，小企鹅飞快吞噬的样子让人对大企鹅那种母爱心生感慨。因为岛上的巴布亚企鹅过多，而且又是企鹅换毛的季节，因而岛上到处都是细软的企鹅毛和粉红

▲ 洛克雷港企鹅之一

▲ 洛克雷港企鹅之二

▲ 洛克雷港企鹅之三

色的企鹅粪便,粉红色的粪便不仅污浊了白色的雪,也让洛克雷港的空气中弥漫着巨大的鸟粪恶臭。为了躲避臭味,我快速地进入英国人的基地老房,老房是一幢T字型的平房,房间内有当年英国科考人员在此工作的工作室和卧室,甚至还有厨房。工作室内一一陈列着电台发报机、矿灯、书籍等工作用具,而在卧室内有简易的木床和草黄色的军用毛毯,还有当年的报纸杂志,其中一本上有性感女明星的半裸照片。厨房里则有火炉和烧水壶,在一边的货架上放置了不少瓶瓶罐罐,其中一个瓶子里面有雪白的炼乳,餐桌上还有一个葡萄酒瓶。面对这样温馨舒适的生活条件,

▲ 洛克雷港企鹅之四

不能不叹服英国人对生活享受的追求。

　　平房的大厅已经改建成了一个纪念品商店，店内有包括T恤衫、围巾等各种各样的南极纪念品，我购买了不少印有洛克雷港字样的胸针、原子笔和明信片。明信片再加上邮票价格不菲，而且不保证能够寄到中国。我在明信片上写好中国家里的地址，贴好邮票，把它们一一丢进位于平房过道边的大红色邮筒里（回国1个多月后，我没有收到从乌斯怀亚寄出的明信片，却收到了来自洛克雷港的3张明信片）。走出平房，看见团长海波正举着从中国国内带来的那只公羊瓷器雕塑放到基地门口的岩石上，准备用雪山做背景拍摄一组照片，他的举动不仅引来周边游人的围观，也引来了一只巴布亚企鹅，小企鹅慢慢地走到雕塑边上停了下来，并好奇地看着那个山羊瓷器，它可爱的样子当即被所有在场的游客拍了下来，成了大家关注的焦点。在码头边等待回程时，我突然发现远处的雪山特别雄伟，而湛蓝的天空也布满了洁白的云朵，天上的白云和地上的冰雪构成了一幅特别美丽漂亮的画面，让人心醉不已。我不停地

▲ 洛克雷港冲锋艇

对着白云和冰雪拍照,直到别人叫我回船。

回到邮轮后,邮轮再次启程前往下一个目的地——欺骗岛,欺骗岛离我们第一天到达的半月岛不远。邮轮行驶在海峡中,两边的冰山在蓝天白云下看起来特别悦目,引来不少的游客聚集在各个楼层甲板上观赏美景。我带着相机来到七层的一个小平台上,这儿正好是邮轮中部,可以兼顾两边的美景,算是一个不错的拍摄点。此时,正好走来一位"老

外",也想在这儿拍摄,于是就攀谈起来,那"老外"是加拿大人,和朋友一起来南极。他到过中国,对中国的情况比较了解,面对邮轮两边移动的冰山,我们边聊边拍,感觉非常放松、愉快。下午的阳光比上午的阳光显得更为灿烂,在这样的大晴天下,空气的透明度非常高,也让冰山的明暗层次更为丰富,这对我们喜欢摄影的人来说,是天大的礼物。更让我们感觉幸福感满满的是今天的云层特别低,低到有白云飘浮在冰山的半山腰中,让远处的冰山有了一点仙气的飘逸。山的雄壮、云的缠绵,如一部移动纪录片鲜活地呈现在我们的眼前,让我们和那位加拿大"老外"大呼幸运。突然,我们的邮轮侧前方出现了一块巨大的流动浮冰,长方形的浮冰长度足有上百米,横亘在海水之中,周边有不少细碎的浮冰在它的前面呈扇形排列,并划出一道漂亮的弧线。我们的邮轮从这个"巨无霸"旁边徐徐驶过,让我们近距离地亲眼见证了南极冰雪世界的瑰丽。

渐渐地,邮轮驶出了冰山海峡,海面变得空旷寂寥,太阳也慢慢地低沉了,我换了个位置来到船尾甲板,那儿有不少信天翁追着邮轮一路向前。突然,我看见远处海面上矗立起一排冰山,他们有高有矮,只是因为离得远,并不显得特别高大,但因光线的缘故,像是有一层雾笼罩着它们,因而像是一座神秘的佛山。在这样的景色中,我感觉到了一种肃穆的神圣,我屏住呼吸,完全沉入一种孤寂的思索之中,这种思索也给我带来了特别安静的愉悦。我觉得此刻的南极就是我心目中的样子,是一个不食人间烟火的宇宙世界。光影的美丽让我忘记了时间的流逝,直到光线完全被夜色吞没,我才回到船舱。经过这样一个寒风劲

▲ 南极半岛风光之一

▲ 南极半岛风光之二

▼ 南极半岛风光之三

吹的下午，不仅人被冻得僵硬，肚子也饥肠辘辘，于是，冲洗了一个热水澡之后，我便去了四层餐厅。此时，餐厅里已是灯火辉煌、热闹非凡了。我要了一杯啤酒，就着那些海鲜大快朵颐了一番，最后，又要了满满一盆新鲜的蔬菜。对于船上的菜我一直有些纳闷，我们的船离开乌斯怀亚好多天了，但每天端上餐桌的菜肴依然新鲜无比，不能不叹服挪威人保鲜的水平。据说，这些菜都是保存在-100℃以下的冰库之中，才会有这样的新鲜。晚餐很热闹，奉贤企业家光明兄是船上菲律宾服务员的重点服务对象，这不仅是因为他的豪华套房理应享受的待遇，更是因光明兄出手不凡的小费常让服务员对他犹如簇拥明星一样，天天为他们夫妻俩服务的那几位服务员，只要一见他们的身影，就会拉长声音大声喊出光明的名字。

晚上，邮轮航行在茫茫的大海之上，除了邮轮本身的灯光，四周看不见

▲ 南极半岛风光之四

任何的光亮。不知什么时候开始下起了雪，而且雪越下越大，在邮轮的灯光映照下，那些白色的雪花像是天女散花般洋洋洒洒地飘落在邮轮的甲板上。很快，邮轮甲板和四周的过道上积起了薄薄的一层雪，而有了积雪，气温又似乎降低了不少，我走出舱外，在邮轮的过道上小站了一会儿，没有穿上厚重的保暖衣服就明显地感觉到寒意逼人。不过，回到舱内瞬间有温暖如春的感觉，特别是在服务中心，这儿有舒适的空调，还有一个装饰性的壁炉闪烁着炉火的光亮，让人顿觉暖意。在这儿小座一会儿，要上一杯热茶，真是无比惬意。

▫ 再过德雷克海峡（2015年3月2～4日）

早晨起床后，发现船舱外迷茫一片，雪比昨晚下得更大，来到船侧甲板上发现地上已经积起了厚厚的白雪，侧甲板走道上的一个小圆桌和几把木椅已被雪完全覆盖。对于南极这场突如其来的大雪有些意外的喜悦，在茫茫的大海上看冰雪飞扬，虽然有些寒冷，但看雪玩雪的心情可以尽情绽放，这实在是一件可遇而不可求的事，所以整个早晨的心情都特别空灵舒适。

▲ 南极半岛风光之五

今天原计划是登陆迪塞普申岛，它是一座环形火山岛，由于火山岛的一部分坍塌，形成了一个有200米缺口的环型海湾，海湾中有很多鲸鱼，因此又称鲸鱼湾。因涨潮而进入的鲸鱼往往不能在退潮时游出海湾，因此迪塞普申岛又叫欺骗岛。在欺骗岛，我们将观赏一个废弃的捕鲸站遗迹。多年前，挪威人、英国人曾在此从事捕鲸和加工鲸鱼的活动，他们留下了不少的活动遗迹。同时，邮轮探险队在此还将安排一场冬泳，并

准备了下水所用的干燥毛巾。陶瓷大师建安兄和来自成都企业家孙戈兄等几位爱好游泳的团友，对欺骗岛的冬游早已信心满满，但是一场大雪带来了不好的消息，由于风大浪高，邮轮取消了登陆欺骗岛的计划，而从欺骗岛一侧的海域顶着风浪而过。这对于渴望在欺骗岛一展身手的那几位游泳健将是一个不小的打击，只能望洋兴叹地看着欺骗岛从自己的眼前滑过。

按照计划，欺骗岛之后将去参观位于南设得兰群岛中的中国长城科考站，这也是我们这个旅行团在南极的一个重要行程。在来南极的前一个月，为了能在"长城站"登陆和举行一场特别考察活动，团长海波还带着我和几位团友专程来到在上海高桥地区的中国极地研究中心拜会了极地研究中心的杨主任，杨主任答应在我们的邮轮到达"长城站"时为我们的登陆给予帮助。但是在这个风高浪急的恶劣天气状况下，登陆"长城站"的可能性也变得越来越小。对此，海波十分着急，此次出行南极，他带了很多陶瓷作品，准备在"长城站"进行作品展示和交流活动，同时将其中的一件展品捐赠给"长城站"作为永久纪念。这也是他在完成北极黄河科考站考察交流后的又一项有特定意义的活动，是一次陶瓷作品南北极推广的圆满之旅。为了争取最后的希望，海波发起了一个全团中国游客恳请登陆"长城站"的请愿书，同时通过卫星电话与上海的杨主任联系，请他给"长城站"电示，以"长城站"的名义邀请包括中国游客在内的"前进号"全体游客去"长城站"参观访问。不久之后，"长城站"来电表示同意"前进号"到长城站做客，同时请愿书也通过"前进号"邮轮中国事务总管刘结兄拟稿打印完成，包括我在内的三十多位中国游客都在请愿书上签了名。做完了这些之后,原以为登陆"长城站"就大有希望了,但因风急浪高,探险队队长卡林与船长紧急磋商之后还是婉拒了我们登陆"长城站"的请求,理由是风浪实在太大,登陆有不可预测的危险。为了全船游客的安全,邮轮不能做出任何存在风险的行为。在离"长城站"数十海里时,我们十数人围坐在咖啡圆桌前,眼睁睁地看着邮轮与"长城站"擦肩而过,为此,团长海波难过得潸然泪下。

▲ 南大洋海域风光

邮轮从南设得兰群岛的东南方向向着有数千公里之外同属南极地区的南乔治亚岛一路驶去,这一行程是由西南向东北方向行驶,斜着穿越德雷克海峡。重回德雷克海峡,意味着重新进入超级风浪的考验,邮轮在风浪中摇晃着,船上的人也重新进入晕船模式,偌大的邮轮在短短的几小时内变得特别安静,也很少见到有人出现在各个公共场所。但很是奇怪，在经历前一次极其惨痛的晕船之后，此时的我居然一点没事，只是在一次剧烈的颠簸中有了想呕吐的感觉，但也就是一个闪念，我咬牙压了下去。下午，在四层的会议室听了一场惟祥法师的中国佛学讲座，了解了雪窦寺的前世今生以及雪窦寺与弥勒佛的关系。

  邮轮行驶在南大西洋的茫茫大海上，除了一路跟随的海鸥外，海上再也看不到什么东西。打发无聊是旅途中最要紧的事了，在船上小卖部后面的茶室里，我看见一对"老外"夫妻在玩一种智力游戏，即用26个不同字母的卡片玩拼单词的游戏，一个字母卡片后面上下左右都要接上合适的字母构成一个单词，然后再拼下一个字母、下一个单词。此游戏初看很简单容易，但真玩起来还是有点技术含量的，特别是对单词的熟悉度要求很高，不然会拼了一边但又拼不上另一边。我在一旁看了将近半小时才算看出一点门道，很想也上手试一把，但终碍于语言交流不畅的缘故而作罢，但这个游戏给我留下很深的印象，对于中国人来说这是一个背英语单词的绝好办法，多玩上几次，对英语单词的掌握就会易如反掌。

  一夜无事，邮轮继续在海上航行，看着卫星导航直播图上那个闪烁跳动的船行光点，感觉船速慢到如蜗牛般在爬，几个小时过去了，荧屏上仍只留下很小一段行驶轨迹，离要去的南乔治亚岛还有很长的距离。没事就想找事，想着今日可以去健身房打球，于是跑去那儿，没想到已有团友在那儿"开打"了。我来南极之前特意询问了刘结兄，知道邮轮上有乒乓球桌，所以我将自己的球拍带上了，有了球拍，打球自然得心应手，我成了乒乓球桌上公认的高手。邮轮上的两位船员见我们中国人打乒乓球，居然提出与我们进行一场中挪双打对抗赛，我和夏磊结对应战。自然，我们的球技要远远高于挪威人，21分的比赛，两盘下来，他们连10分都没得，他们很诚恳地表示球技不如中国人。

  从健身房出来，我走回船舱，在下楼的电梯口，遇到了一位挂着拐杖、年龄看上去非常大的外国老太太，她巍巍颤颤地向电梯走来。我连忙停下脚步，把电梯的门拦下，请老太太进电梯。老太太进了电梯向我道谢，看着老太和善的脸，我突然想起在阿根廷机场登机时我见过她的身影，那时她坐着轮椅，后来在乌斯怀亚也看见过她和别人一起走出机场，但我没有想到的是她居然和我们一起来了南极。我借机问了下老太太高寿多少，老太太很自信地回答我说90岁了。我听到90岁的一瞬间，顿时露出无限崇拜的神情。稍后几天，我听老友徐兄说，在邮轮摇晃得最为厉害的时候，其他人都被晕回了船舱，而这位老太不动声色地坐在七层酒吧椅子上长时间地看书。不知道这位优雅并让人肃然起敬的外国老太太能不能算是到达南极的游客中年龄最大的一位。傍晚时分，我坐在服务中心旁边的沙发上发呆，无聊中观看着窗外的海面，海面上有一只信天翁追着我们的邮轮一路飞翔。它随着浪涛的起伏，时而掠过海面飞向天空，时而又从天空俯冲下来，叼起海里的小鱼小虾。一个多小时过去了，这只信天翁不离不弃，始终与我相伴，直到天色全暗，无法再看见窗外的景色，不知这个不知疲倦的信天翁最终飞向何处。

经过两天的海上航行，我们离南乔治亚岛越来越近了。3月4日恰逢中国元宵节，因而大家都有所期待，希望在今晚的晚餐上能喝上一杯。下午，听了两场专题讲座，一场是邮轮安排的有关王企鹅的讲座，让我对南乔治亚岛企鹅大家族中最帅、最为优雅的王企鹅有了一些了解；另一场是梅红玲陶瓷大师关于龙泉青瓷的辉煌历史和命运演变的专题演讲，让我这个青瓷门外汉对青瓷有了一点了解。晚餐时，餐厅不仅增加了自助餐的菜品，还在餐厅里举办一场热闹的庆贺活动，那些菲律宾籍服务员排队举着中国国旗、打着鼓、手持烟火进入餐厅的时候，真是给了我们一个天大的惊喜。最出乎意料的是，餐厅为了给元宵节送上节日应景食品——汤圆，居然用面粉搅拌巧克力做成像乒乓球大小的圆球，圆球的外面还粘着不少的白糖，这样的汤圆充满了喜感，也与我们平日所吃的汤圆"风马牛不相及"，但我们理解并感谢邮轮船员的良苦用心。我们中国游客纷纷从座位上站起来，汇入服务员的队伍并与他们一起欢庆。其他国家的游客先是搞不明白怎么一回事，后来知道是在庆贺中国的元宵节，也纷纷站起来鼓掌，并频频与我们举杯庆贺。

南乔治亚岛爱德华国王角和捕鲸博物馆（2015年3月5日）

经过约70小时的航行，我们终于在元宵节的第二天到达了位于南纬53°南太平洋上的英国海外领地的南乔治亚岛海湾。当我透过圆圆的船舱看船外黝黑的山岩和陡峭的山峰时，便被南乔治亚岛的气势所慑服。南乔治亚岛虽然不如南极大陆那般拥有被白雪完全覆盖的山峦，但也有不少的冰川在山峰间若隐若现。黑白相间的山体显得坚挺而雄壮。特别是到达时的一场暴雨过后，峡湾中出现了一道巨大的彩虹，让南乔治亚岛生出特别的美感。因为它是英国的海外领地，因而即便到了南乔治亚岛我们还不能轻易登陆，必须由岛上的海关人员先登船给我们办理一个简化版的签证，之后我们才可以下船。上午因为风大浪急，海关人员无法登船，我们所有的活动均被取消。下午，几位穿着制服的海关人员上了我们的邮轮，在服务中心为我们所有的游客在护照上盖了一个签证章。在服务中心，我们还购买了不少由海关人员带来印有南乔治亚岛景色的明信片，并在盖章后交给登船的海关人员，由他们帮助寄回中国。尔后，我们便按顺序坐上冲锋艇去往南乔治亚岛的第一个登陆点——爱德华国王角，这里有英国南极探险英雄沙克尔顿的墓地。

　　上了岛，迎接我们的是无数的海豹，他们匍匐在路两边的草丛里，见到我们这些生人，一个个都从草丛里挪动出来，我们躲过一个又会遇到下一个。好在我们在半月岛时有过与海狗纠缠的经历，所以也不再特别害

▲ 南乔治亚岛海豹

▲ 南乔治亚岛王企鹅之一

▲ 南乔治亚岛王企鹅之二

▲ 南乔治亚岛王企鹅之三

▲ 南乔治亚岛王企鹅之四

怕,而是学着探险队员的样子,弯腰用手拍两下就吓走了海豹。再往前走,有更多的海豹栖息在四处草丛里,他们有的懒洋洋地在晒着太阳,有的争胜好强地在打斗,活像一群顽皮的小孩。走过这段海豹地盘,我们又回到了海边。在海边我们见到了不少的王企鹅,他们三三两两在海边悠闲地散步,与帽带企鹅、巴布亚企鹅相比,王企鹅更为高大英俊,是企鹅中标准的帅哥、美女。它们身材高挑,毛色光亮,脚蹼黑色锃亮,如穿了一双厚实的皮鞋。特别是金黄色的下嘴唇和耳边顺延到胸前的那片金黄色,成为王企鹅最大的标志色。王企鹅不仅外观漂亮,而且举止优雅,在爱德华国王角的海滩上,有三只王企鹅迈着小步走在沙滩上,它们一摇一摆旁若无人的样子，活脱脱像三个有品位的绅士在谈天说地。它们的背后是清澈的海水和清秀峻峭的山峰，在这个沙滩上，这些有个性的王企鹅赚足了我的眼神，也让我对着它们按了最多的快门。

在岛上，同团艺术家们又举行了一场"谁能最快找到沙克尔顿墓地"的比赛，而我则和几位团友一起漫无目的地行走在崎岖的山道上，沿着山道向高处的坡顶迈进，虽然路途有些艰难，但两边都是海湾，海天一色的景色异常美丽，使得脚步并不显得沉重，相反有种轻松悠闲的感觉。走到一处平地，我居然发现有一个木制的长椅，我与团友一起坐下休息，眺望着远处的海湾，眼前先是大片郁郁葱葱的蒿草在风中摇曳，蒿草之后是波平浪静的大海和低垂的白云，看多了南极雪白一片的冰雪世界，再看这些绿草如茵的草木，眼睛觉得特别的舒服。加上连绵的山峦和薄薄的云雾，在这样一个碧海蓝天的绝美景色中，感觉自己是到了一个隐秘的仙境。想到那些正在岛上四处寻找沙克尔顿墓地的团友，感觉我们已是最大的赢家。

▲ 南乔治亚岛王企鹅之五

此地之后,我们下一个行程是去一个叫古利德淮肯的地方,古利德淮肯是百多年前南极水域中的第一个捕鲸站,1904年由挪威人拉尔森船长建立,捕鲸站包括捕鲸加工厂遗址、捕鲸管理者办公用房和捕鲸人教堂。在走过一段漫长的海湾小道之后,我们终于到达了鲸鱼站,当年的管理人员办公房屋已经变成了一个博物馆,在博物馆门口广场上竖有英国国旗,还有一堆鲸鱼鱼骨。这个博物馆内藏有很多当年捕鲸、捕海豹的捕猎物品,同时还有这个岛屿的历史介绍,博物馆事实上也是个纪念品商店,或者说两者已合二为一了。在博物馆中可以用英镑、美元、欧元买到各种纪念品,我在这家博物馆里买了一小瓶威士忌酒,主要是心仪那个刻有南乔治亚岛图案的玻璃小酒杯。博物馆里最让我感兴趣的还是英阿战争的陈列物品,对我而言,他们更有现实感和亲近感。发生于1982年的英阿战争,虽然主战场在马尔维那斯群岛,但战火首先是从南乔治亚岛燃起的。在这里,我看到了战争时间进程表和英军使用过的枪炮,各种武器实物的呈现和影视的播放让我一下子回到了那个有关英阿两国争端的岁月,想象不出如此一个世外桃源之地也曾发生过令人意想

▲ 南乔治亚岛捕鲸厂遗址

不到的枪炮之战。

　　走出博物馆，我和徐兄一起沿着小道去博物馆后面的鲸鱼加工厂和捕鲸人教堂探访。在海边，我们看到了巨大的鲸鱼加工厂房和机器设备，厂房外表已几乎看不出房屋的端倪，只剩下一些高大的油罐排列成一面铁墙，一些炼油的机器看上去也不过是一堆锈蚀的废铁，而远处几层楼高的炼鲸油铁罐露出了残破的景况，整个厂区都呈现出废弃后的残败，这种凄凉在傍晚的海边显得特别的浓重。终于走到了小道的尽头，来到了捕鲸人教堂，教堂为哥特式建筑，依山而立，面向海洋，蓝色的教堂外墙，高耸的教堂尖顶直指天空。教堂可以随意进出，但来这儿的人少之又少，我们进入教堂，顿感肃穆，做礼拜的长排椅子、巨大的十字架都显现出宗教的氛围，对于我们这些不信教的非教徒，除了收获一些宗教的感悟外，好像再也激发不出其他的热情，从里到外看了点稀奇之后，便打道回府。此时，太阳已完全落进了海面，只剩下一些余晖映照在码头边上那个沉寂了不知多少年的破烂沉船上。我们是最晚一批回邮轮的游客，探险队的冲锋艇正泊在海水中等待我们，见此情景，我们抓紧速

▲ 海湾中的冲锋艇

度登上冲锋艇,并向探险队员致谢。

南乔治亚王企鹅岛和沙克尔顿小道(2015年3月6日)

早晨刚吃完早餐,就下船去往王企鹅岛。口哨湾是这里的一个小海湾,是一个相对容易登陆王企鹅岛的地点。也不过是一两分钟的时间,冲锋艇就停靠在王企鹅岛的海滩旁,人造小码头的周边有不少的海狗在与海浪嬉戏,它们在海水中无拘无束追赶嬉戏的身影让人看得眼馋。王企鹅岛上一片葱茏,特别是地上的苔藓像是一块巨大松软的地毯,脚踩在上面特别舒服。王企鹅岛上栖息着众多的鸟类,我们去王企鹅栖息的海湾要路过不少鸟类聚集点,探险队员要求所有的游客在走过鸟类聚集地时不得大声喧哗,以免惊扰到鸟。

▲ 南乔治亚岛王企鹅之六

在王企鹅岛松软的草地上流淌着一条条的溪水,他们有的有数米之宽,有的不过一尺来宽,水量也有大有小,走近溪水可以听见淙淙的水声,这样的流水声音在空旷的草地里伴着青草的芳香格外动听。有的溪水我们可以轻松蹚水而过,有的即便穿着防水鞋也不敢迈入水中,只能绕道而过。走走停停,约半个多小时后,我们终于看到了王企鹅的栖息地,在一个冰川脚下,成千上万的王企鹅密密麻麻地聚集在那儿,那庞大的场面实在让人叹为观止,如果不是亲眼所见,实在想象不出是那样的壮观。突然,有一只企鹅鸣叫了一声,然后山谷中成千上万的企鹅跟着响应,刹那间有种地动山摇的震撼。据探险队员说,这儿聚集了近十万只企鹅,对此,我不敢确认有那么庞大的数字,但用成千上万来描述绝无夸张的成分。

走近一个小山坡,我的眼前出现了多只王企鹅,它们一摇一摆走路的样子让人看得实在有些忍俊不禁,其中有一只还走到我跟前,像是显摆似地展开双肢抖动了两下,那副滑稽的样子活像一个耍宝的小孩。还有四只王企鹅一字排开走在草地上,它们的样子自然让我想到了柴可夫斯基的芭蕾舞剧《天鹅湖》中那四只小天鹅的场景。惟祥法师把一尊金

▲ 南乔治亚岛王企鹅之七

▲ 南乔治亚岛王企鹅之八

色的弥勒佛像放在草地上,引来了一只企鹅的围观,企鹅站在佛像边好奇地看着佛像,那神情像是观看一个天外来客。团友海波拍下了惟祥法师、佛像与企鹅的合影,这张照片色彩构图俱佳,是一幅难得的充满生命感染力的照片。

远处传来邮轮的汽笛声,那是通知我们回程的指令,我们恋恋不舍地离开了这个有庞大企鹅群的王企鹅岛,每走过一段路,都还能见到三五只离群的企鹅在草地上无拘无束地行走,仿佛就是在自家的庭院里散步。在海边上冲锋艇前,我们居然还能看到多只企鹅就在海豹的边上嬉戏,真是为它们捏了一把汗,要知道企鹅是海豹当仁不让的美食。回到邮轮上,可能是一个上午都在到处行走、拍照的缘故,消耗了大量的体力,因而午餐的饭量比往日增加了许多。虽然餐厅的菜肴依然还是丰富多彩,海鲜、烤肉都一尽俱全,但一个标准"中国胃"此时对这些食物有了本能的抵触情绪,还好出发前我们所带的榨菜、咸蟹之类的调味食品还存有一些,大家纷纷拿出来共享,有了这些下饭神器,这一餐有吃到撑的节奏。

▲ 南乔治亚岛王企鹅之九

▲ 南乔治亚岛王企鹅之十

午餐后开始了下午的活动,这是一次规模宏大的集体探险体验活动。几乎全体游客要在探险队员的带领下,走一条称为沙克尔顿小道的山路,这条沙克尔顿小道沿途有山地、湖泊、沼泽、冰川、溪水、瀑布、戈壁荒漠等地形地貌,是当年英国南极探险家沙克顿为营救被困在南极象岛的同伴而在南乔治亚岛走过的一条艰险之路。沙克尔顿是著名的英国南极探险家,他于1909年刷新了人类到达地球最南端的记录,抵达了南纬

88°23′的南极大陆，距离南极点约180公里。难能可贵的是，虽然他最后没能到达南极点，创造人类率先登临南极点的荣誉，但他在巨大的荣耀诱惑面前做了一个尊重自己和同伴生命的智者，避免了可能存在的探险牺牲。正是他的理智放弃，为两年后创造这一荣誉的挪威人阿蒙森和英国人斯科特提供了许多宝贵的经验，斯科特几乎就是沿着沙克尔顿当

▲ 登陆沙克尔顿小道

▼ 沙克尔顿小道沿途湖泊

年的线路完成了南极点之行。虽然沙克尔顿没有成为到达南极点第一人,但他依然成为了南极探险史上彪炳史册的人物。

冲锋艇准时把我们送到了要登陆的海滩,今日的风浪很大,冲锋艇很难平稳地靠在沙滩上,不得不靠多位探险队员站在海水中用力扯拉才能让游客从艇上下来。在海滩边的草丛中我们见到一只巨大的海象,它微闭着眼睛,呼呼大睡。我们蹑手蹑脚地从它身旁走过,唯恐这个有着庞大身躯的大家伙醒来对我们发动攻击。在一个山坡下,探险队长卡林向我们介绍了今日的行程,我们要从这儿出发,经过约7.5公里荒无人烟的陡峭山路,翻越到海湾另一侧。从这儿出发的游客没法走回头路,因为邮轮将驶离这片海域去海湾另一侧接应我们。爬山开始,山坡不仅陡峭,而且灌木丛生、荆棘密布,我们硬是要寻找可以落脚的地方向上攀援,同时还得时常提防不时出现的海狗。不一会儿,我们便开始出汗,不得不脱下厚重的衣服,费了老大的劲儿我们终于到达了坡顶,这儿视野极其开阔,前面是看不到头的荒漠戈壁,后面是冰川掩映的山峰拥抱着一湾湛蓝的海水,在这一刻我们感受到了大自然不同寻常瑰丽美景。我们走在碎石满地的荒漠上,听着风呼呼地在耳边吹响,没有更多的语言,只是尽情体验着徒步的乐趣。

▲ 沙克尔顿小道蓝天白云

　　走了不远，我们遇到了一个荒漠中的湖泊，湖泊不大，也就一两平方公里，湖水清澈洁净，泛着碧绿的涟漪，与蔚蓝的天幕和大片白云筑成了人间仙境的诱惑，让我们有些迈不动脚步。探险队及时让我们在此作短暂的休息，我们像是一群觅得鱼腥的猫，瞬间散落到湖边各处寻找自己的探秘宝地。我和徐兄在离湖边不远的一块小山坡上坐下，尽情地

▲ 沙克尔顿小道山路

▲ 沙克尔顿小路陡步证书

浏览起这片荒漠中静谧的湖水，我们虽然坐得很近，但谁也没有多说一句话，各自发呆，享受着这份难得的孤独之美，直到探险队召集我们重新出发。

我们庞大的队伍来到了一个山口，站在山口上，可以清晰地看到远处突然出现了海的一隅，有一片蓝色海湾连接在山的尽头，而海中还能依稀看到我们的邮轮。我找了一处风景不错的山石坐下，与团友惬意地聊天，从此处的风景聊到人生，海阔天空地自由发挥。探险队让我们在山口拍一个集体照，邮轮上来自各个国家的游客参差不齐地或坐或站，用背后的山和海作背景拍了一张多国集体照。拍完照的我们排成一字队形，沿着几乎垂直的陡坡向山下走去。

下山的路非常难走，稍有不慎就可能滚落到坡下，我们尽量展开上肢，保持身体平衡。当有的游客因周边亮丽的风景而停下脚步时，探险队员就会叮嘱跟上前面人的脚步。一直来到山下平地，大家才长舒了一口气。从这儿去到海边还有不少的路要走，但这儿的风景已经美到令人癫狂的地步：雄浑高大的山岩中映照着洁白的冰川，荒漠的戈壁中嵌入了像是大地眼睛般明亮的湖泊，更有瀑布从山涧飞落而下，并形成湍急的溪水，在大地上肆意地流淌。当我们蹚过溪水，走入一大片草绿色的沼泽地时，我们可以明显地感觉到脚下的松软，那是由绿草和苔藓构成的草地，走在这样的土地上，再呼吸一下清冽甘醇的空气，那种惬意和舒服是难以用语言来表述的。我们的徒步已经持续了三个多小时，但在这样的绝色美景里，一点疲劳的感觉都没有，相反，我们放慢了脚步，尽情享受最后一段徒步行程的随意。

终于，我们来到了海边，除了看见海边有不少的海狗在海水中打斗外，我们还看见了停泊在海中红白相间的"前进号"邮轮，邮轮巨大的身躯在阳光照射下泛着光泽。在海边，我们等待着来接我们回邮轮的冲锋艇，冲锋艇忙碌地来回载着一波又一波的游客。我在等待回船的当口，留意起海边的景色，在海岸的右侧是一个废弃的捕鲸站，那些铁锈斑斑的遗物透出了一些岁月的凄凉。我突然意识到，这里应该就是当年沙克尔顿千里迢迢寻找的那个挪威人的捕鲸站，当年，正是有了这个捕鲸站才使得沙克尔顿绝处逢生，书写了一段励志的传奇。看着这些已被人遗忘的旧物，我感觉到了时间的残酷，在时间面前，所有的伟大和辉煌都不值一谈。

▲ 沙克尔顿小道海湾

从南乔治亚岛到马尔维纳斯群岛（2015年3月7~9日）

等到冲锋艇把在岸上的游客全部送回到邮轮后，邮轮又一次起锚开赴下一个目的地——马尔维纳斯群岛，马尔维纳斯群岛也称为福克兰群岛。1982年，英阿两国在此为抢夺主权而大打出手，最后以英国人的赢得战争胜利而暂时平息纠纷，但阿根廷人至今仍然对此岛主权提出自己的主张。从南乔治亚岛去往马尔维纳斯群岛也得有两天多的航行里程，我们又一次开始了海上漫长的旅行时间，面对茫茫大海，想办法消磨船上单调、枯燥的生活几乎是所有游客的必做功课。

傍晚时分，我与以往一样来到服务中心，服务中心旁边的几组沙发是我在邮轮上常常光顾的地方，这儿空间宽敞，沙发柔软，坐在这儿无论喝茶、看书、聊天都是一种难得的享受。而今天这儿有些热闹，那位在酒吧驻唱的英国歌手约翰与邮轮的一位船员聚在这儿合奏一些经曲乐曲。约翰手上是一把迷你小吉他，而船员则肩背一架手风琴，他们演奏的曲目是俄罗斯的民歌《喀秋莎》，两人配合默契，演技娴熟，加上熟悉的民歌背景和优美的旋律，让围坐的游客都被这动听的音乐迷倒了。音乐在这一刻变成了一种极有亲和力的东西，把演奏的人和一干听众自然而然地凝聚在一起，不少游客跟着旋律轻轻地哼唱。而此时，太阳渐渐地沉没于海平面，海浪一起一伏，那种海上音乐会的美妙就如同沙发边上壁炉中跃动的火焰，在熊熊燃烧。

经过十来天的海上漂泊，邮轮上最好的西式食物在我们的眼里都变得有些乏味，特别是当邮轮从南乔治亚岛驶向马尔维纳斯群岛时，走的航线又是擦着德雷克海峡的边，因此，颠簸的邮轮更是让众多的游客把吃饭当作一件头疼的事。来自深圳的团友小惠听说我有一个可以做面条的电热杯，就一直约我想尝尝我的面条，而画家国恩也对我的面条表露出强烈的愿望。终于找到一个机会，我用电热杯下了两碗面条给他们解馋。两碗热气腾腾的面条，并佐以袋装的咸菜和海带，让两位团友美滋滋地连汤带水吃完了并没有太多实料的面条，但他们一致认可这是他们在船上吃到的最可口的食物。对于已经因晕船食欲不振好多天的小惠来说，能够有这样一碗开胃的面条比吃晕船药管用多了。我的那个可以烧水和下面条的电热杯也被天天打扫船舱的菲律宾服务员看上了，每每进入我房间做清洁卫生时都要对我的那个电热杯表达出强烈的喜爱。我揣摩出他想要此物的意思，于是告诉他，等我完成此次航行下船时，我就把电热杯送给他。后来，在布宜诺斯艾利斯下船时，我把这个电热杯留在了船舱，并让他的同事转告让他来取。从阿根廷回上海在多哈机场转机时，遇上了也在此转机回菲律宾的此君，他对我送他的电热杯表达了万分谢意。

马尔维纳斯群岛斯坦利港（2015年3月10日）

经过两天多的海上航行，在3月10日中午前后，我们又一次看见了露出地平线的黑色岛屿，因距离太远，岛屿像是一条横亘在地平线上的几个黑点，随着邮轮的行驶，岛屿渐渐放大，有了岛屿的轮廓，最后清晰无比地见到了马尔维纳斯群岛首府斯坦利港的全貌。进港时，天空

▼ 斯坦利港远景

呈现出蓝天白云的美丽，白云低垂到似乎可以伸手能摘的样子，让人心情特别愉快。

在斯坦利港，我的行程一是步行浏览城市景观，二是参加一个坐飞机空中俯瞰海岛的自费活动。下了邮轮，我们开始自由活动，斯坦利港虽为群岛首府，但城市非常之小，人口也就 2500 多人。城市的主要产业是石油加工和港口运输，历史上此岛一度为大西洋交通要道而非常繁荣，但由于巴拿马运河的开通，使得马尔维纳斯群岛的地理优势一落千丈，加之马岛之战，因而整个城市显得有些萧条。我和徐兄沿着海堤的小路一直走到小城中心区域，那儿散落着不少商业与民居小屋。在一条可以看作是小城主干道的街上，我们找到了一家英式酒吧，我们要了啤酒和红肠，酒吧的装饰十分奇特，除了天花板上巨大的英国国旗，在酒吧的中央还陈列着不少的步枪和冲锋枪，这可能与马岛战争在此发生有关。在酒吧内，我们巧遇了歌手约翰和邮轮餐厅的一对菲律宾男女服务员，他们也是利用邮轮停泊时间上岸来放松一下。离开酒吧，我们来到不远处的一家纪念品商店，这儿货架上全是一些马尔维纳斯群岛本地出产的纪念品，我购买了几粒马尔维纳斯群岛的宝石，他们看上去有点像蓝宝石的样子，但也就几十欧元而已，对我而言纯粹是旅行纪念。

从纪念品商店出来，我就漫无目的地在小城居民区闲逛，居民区街道整洁，人影稀少，一边是蔚蓝色的大海，一边是绿意盎然的山坡，那些墙面色彩鲜艳的民居小别墅就坐落在这山海之间，看着这样色彩悦目的房屋楼舍，我的脚步自然而然地停滞下来，仔细地品味着这些如童话般的建筑。在一幢别墅门口，一位老妇推门而出，遇到了我这个不速之客，先是有些惊奇，又马上报以微笑，对于来自地球另一边的中国人，她或许感到好奇又陌生。在居民区的一侧有一幢高大的建筑，建筑前有英国国旗和英国前首相撒切尔夫人的塑像，再过去一点则是英阿马岛战争纪念碑，这儿埋葬着战死的 255 位英军士兵和军官。对于英国人来说，马岛战争虽然以胜利告终，但也大大消耗了英国的国力，特别是他们当时最为先进的"谢菲尔德"号驱逐舰被阿根廷的飞鱼导弹击中而沉没，是个巨大的痛楚。

到了下午约定的时间，我来到旅游信息中心，这儿有邮轮船方安排的专车送我们去机场坐小型飞机。一辆面包车把我和几位团友送到了位于海边的一个袖珍型机场。在这儿，跑道一眼就能看到尽头，一架红色

▲ 马尔维纳斯群岛撒切尔夫人雕像

螺旋桨小飞机刚刚从天空降落至跑道,停靠在同样是小得不能再小的航站楼边上。我们依次经过安检来到飞机前,从只有一两个台阶的舷梯上跨进机舱,机舱很小、很简陋,总共只有六个乘客的座位,我的座位在第二排,窗外右侧就是机翼和螺旋桨,看窗外景色的视线受到很大的限制。坐定之后,那位帅哥机师让我们系好保险带,戴上耳

▲ 马尔维纳斯群岛旅游小飞机

南极篇 **65**

机,然后关上舱门启动滑行。飞机很快腾空而起,一转眼就到了海的上空,此时,整个斯坦利港的房屋建筑、行驶在道路上的车辆、海上漂泊的轮船都清晰可见。飞机掠过斯坦利港口之后转向岛上边缘地区,那儿都是大片的草地和荒漠。我们的小飞机飞行高度很低,不会超过千米,最低时只有几十米,几乎是贴着草地飞行,感觉从飞机上跳下也不会有太大的问题。经过半个多小时的飞行,飞机回到了机场,这样一场飞行体验花费了几百美元,但最大的感受不像是坐了一次飞机,而像是坐一辆小面包车升到空中逛了一圈而已。

从机场回来,准备去海边的博物馆,那儿有非常详尽的马岛战争历史文物和文字资料,但到了那儿发现已经闭馆,参观博物馆的愿望落空。看着回邮轮最末一班大巴的时间还早,我们和徐兄结伴去一家路边酒吧,这家座落在民宿中的酒吧,墙上不少的老照片和油画传递着文化和艺术的底蕴。在这儿不仅遇到了同团的夏磊、佳琦团友,还寻得了一个可以一窥远处海景的临窗座位,坐在这样一个暖意融融的酒吧喝上一杯,整个下午的旅行劳累就慢慢地遁迹了。坐上最后一班回邮轮的大巴,晚霞布满了整个斯坦利港。回到邮轮上,我们的邮轮重新起锚,从马尔维纳斯群岛东部驶向马尔维纳斯群岛西端。邮轮出发时,整个斯坦利港已经浸没在一片黑暗之中,只有零星的灯光,投射在港口的建筑物上。

马尔维纳斯群岛西部诸岛(2015年3月10~11日)

经过一个晚上的航行,我们的邮轮从马尔维纳斯群岛的东部来到了岛的西北部,上午登陆的第一站是桑德斯岛,这是一个生活着众多阿德雷企鹅的无人岛屿。上了岛后,我们沿着一片平坦的草地走向企鹅聚集的海湾。初秋的阳光照耀在绿色的草地上,让阳光有了一种特别舒服的暖意,远处的山峦平缓地展开,绿色的草地上到处都飘洒着企鹅白色细软的绒毛,这些因为企鹅换季掉落的绒毛几乎覆盖了整个山坡,绿茵

▲ 被企鹅绒毛覆盖的桑德斯岛

茵的草色中透着洁白的绒毛，让人有着无限好奇。走在这样空旷而又宁静的野外，听着海涛的声音，自然而然地异常轻松。走过一条长长的土埂，终于来到企鹅聚集的海湾，无数的阿德雷企鹅在海边欢乐地嬉戏，冲浪、潜水，像是一群顽皮的孩童。这儿的海浪特别大，在风的推动下一层一层地卷起并翻滚着冲向海滩，并随即散开，变成一大片绿中带白的浪花。

下午，我们到达了与桑德斯岛相邻的卡卡斯岛，卡卡斯岛岛上有一户民居，我们来到这户居民家中做客。这家人的主人是一位来自智利的老人，据他说自己曾到过香港。他们家是经马尔维纳斯群岛管理当局批

我的地球三极

桑德斯岛风光

准之后在此岛定居的唯一一户居民。他们家的主要建筑为一幢有客厅与卧室相连的别墅，其他四五幢建筑分别是车库、油库、船舶维修设备用房等，分散在海边的一片树林之中。他们家有三辆车和一条船，以捕鱼和其他海产维持生计，有时也通过接待我们这些邮轮的客人来增加收入。他们家还是比较富有的，从交通工具到家电、通信网络等各个方面一点不欠缺，但寂寞可能是这户人家的最大短板，有突发状况时的孤独无助是一种真实的存在。

下午的第二项活动是岛上自由行。按照探险队的攻略，我们可以去岛的另一边海湾看海象，运气好的话还可以看到难得一见的麦哲伦企鹅。我和徐兄行走在蒿草丛生的荒漠中，这儿的蒿草非常茂盛，在太阳的照射下闪着金黄色的光泽。卡卡斯岛已进入了初秋的时节，天空瓦蓝瓦蓝的，映着满山渐黄的草木，充满了一种阳刚之气。走在路上可以闻

▲ 卡卡斯岛荒野

▲ 卡卡斯岛车辙印痕

到土地的芳香。地上有深深的车轮辙印，那是岛上智利大叔家的吉普车留下的印痕，印痕很深而且没有方向规则，可能是智利大叔的家人开着吉普车在荒漠中没有约束地随意行驶。经过一个多小时的艰难跋涉，在海岛的一个海湾中，我们终于看到了庞大的海象，也看到了难得一见脸上有着白色花纹的麦哲伦企鹅。当我们重新回程时，整个海滩只有我和徐兄以及几位探险队员，我们是随着太阳落山的节奏走回码头的。路上空无一人的寂静和暮色黄昏的美丽，永久地停留在我的记忆深处。这一晚，团内的那些陶瓷艺术家们又一次举办野营活动，他们在智利大叔家的园子里搭起帐篷、烧起篝火，度过了一个星光灿烂的夜晚，而我则跑到邮轮的后甲板温泉泳池里，斜躺在水中享受着天上流星划过的美丽。想到再过一日就将结束南极所有行程启程回家，在南极的生活片段像是电影般地涌现出来，所有过往的点滴在这个夜晚显得异常清晰。

▲ 卡卡斯岛麦哲伦企鹅

▼ 卡卡斯岛海湾

在马尔维纳斯群岛的最后一天，我们被安排去一个叫作西点岛的小岛，此岛以观赏信天翁和鲸鱼而被南极旅行机构列入重点旅游项目。上了岛，我们需要坐邮轮公司安排的吉普车去岛的另一侧海湾，那儿是信天翁栖息地，也是鲸鱼出没的天堂。我上了第一辆吉普车，吉普车时而向着极陡的山坡冲刺，时而在沟壑中颠上颠下，把我们的身

▲ 西点岛荒野

躯抛向空中，若不是紧拉车上的栏杆，可能会被抛出车外。我们到达了一个有铁丝围墙和木栅门像是牧场一样的一片草地，下车前行，走进一大片有半人高的灌木丛，穿过灌木丛便来到了海边，无数的信天翁栖息在海边的礁岩和灌木丛中，远处不时可以看见鲸鱼喷出的水柱。这儿的海水异常湛蓝清澈，与天上盘旋飞翔的信天翁构成了一幅动静结合的美丽画面。回程时我们不再坐车，就沿着来时的道路一直步行，不时有坐车的同伴在我们的身旁驶过。步行最大的好处是可以慢慢地观景，我们可以看横亘在眼前静寂无声的山峦，可以看同伴们的车扬起一阵沙尘后消失在荒漠一片的戈壁上。终于，我们重新看见了大海，我们的邮轮静泊在海中，望着如此天水一色的海景，我和同行的几位团友寻找了一片柔软的草地躺下，尽情地沐浴着初秋阳光的温暖，享受着发呆的随意。

　　回邮轮前，我们又去参观了海边的一家民居，这是一个有着极其漂亮花园的海边别墅，别墅的主建筑是一幢古老的哥特式石材房屋，还有一个不太规则的花园，花园内盛开着各种鲜花，连花园的圆形拱门也被鲜花缀满。花园正对着大海，蓝色的海水中透出一丝绿茵的光泽，像是

西点岛海湾

▲ 西点岛民宿

平日里只有在热带海洋中才能看见的海水。美丽的海水紧紧包围着这一片海滩和海滩上的别墅。别墅的主人是一家英国人,在这儿也同样靠渔业生活,同时得到英国政府的补贴,对于英国政府而言,岛上有英国人生活也是宣示主权的一个很有效的办法。下午,我们在船上用过午餐后邮轮就从西点岛起锚返程,邮轮加大马力,沿着阿根廷东部海岸线一路向北,经过四昼夜的海上航行,我们回到了布宜诺斯艾利斯,南极三岛之旅圆满结束。

布宜诺斯艾利斯佛罗里达大街(2015年3月15日)

南半球的夏末秋初,阿根廷首都布宜诺斯艾利斯溽暑渐消,坐在繁华佛罗里达大街的一条石凳上,清风徐来,满眼是旅游者恣意的脚步和西班牙古老的建筑,天色渐暗,思绪万千,在南极过往的一切便不知不觉地在石凳上开始回放。

当我们的邮轮进入德雷克海峡时,我知道此生我便与南极结下了不解之缘,即便德雷克海峡的风浪再大,我再眩晕,我也要坚持登陆南极,做一个有南极故事的人。而有了南极之旅,我的人生跨度和广度就达到了一个前所未有的阶段,并充实了我的人生体验。

当邮轮进入南极半岛勒美尔海峡时,望着两边峭然昂立的冰雪世界,一种莫名的崇拜便油然而生,这片洁净纯白的世界呈现出的超然宁静让我的心灵平静如水。扬手是冰,落地是雪,物欲的污浊在时间的流淌中一点一点消融,神圣在刹那间充满了我的每一个细胞。难于抑制思绪的飞扬,"天若有情天亦老,人间正道在南极",或许只有在南极,人的心灵才会产生出空灵的冥想,才会有"孤舟蓑笠翁,独钓寒江雪"的心境。

当我穿行在南极三岛时,南极多变的天气和那些在宁静的大陆中快活生活着的企鹅、海豹、海狗、鲸鱼、飞鸟神奇地呈现了一个生机盎然的南极世界,让我们知道南极不是一个没有生命的大陆,而是一个有着很长食物链的动物乐园。而更大的神奇在于,在如此恶劣的生存条件之下,无论是憨态可掬的各种企鹅,还是略有凶相的海豹,见到我们这些生人一点都不把我们放在眼里,而是摆出一副主人的模样。当我们这些过客与动物和谐地相处在同一蓝天下,我们不能不为南极这片人类最后的净土点赞。

夜幕降临,夜色中的布宜诺斯艾利斯也是灯红酒绿,这个探戈的天堂唤醒了所有的沉醉,酒的酣畅伴着探戈的鬼魅,让欲望之舟飘然起舞。而我趁着夜色回眸过往,离别之际,南极已经深深地烙在心底,相逢、相识南极,就是永恒。南极,一个神圣的灵魂流放地,来过了,就是一次灵魂破茧重生的自我救赎,荡涤了心灵的锈蚀。从此,人生就多了一份南极的纯粹、南极的安宁。

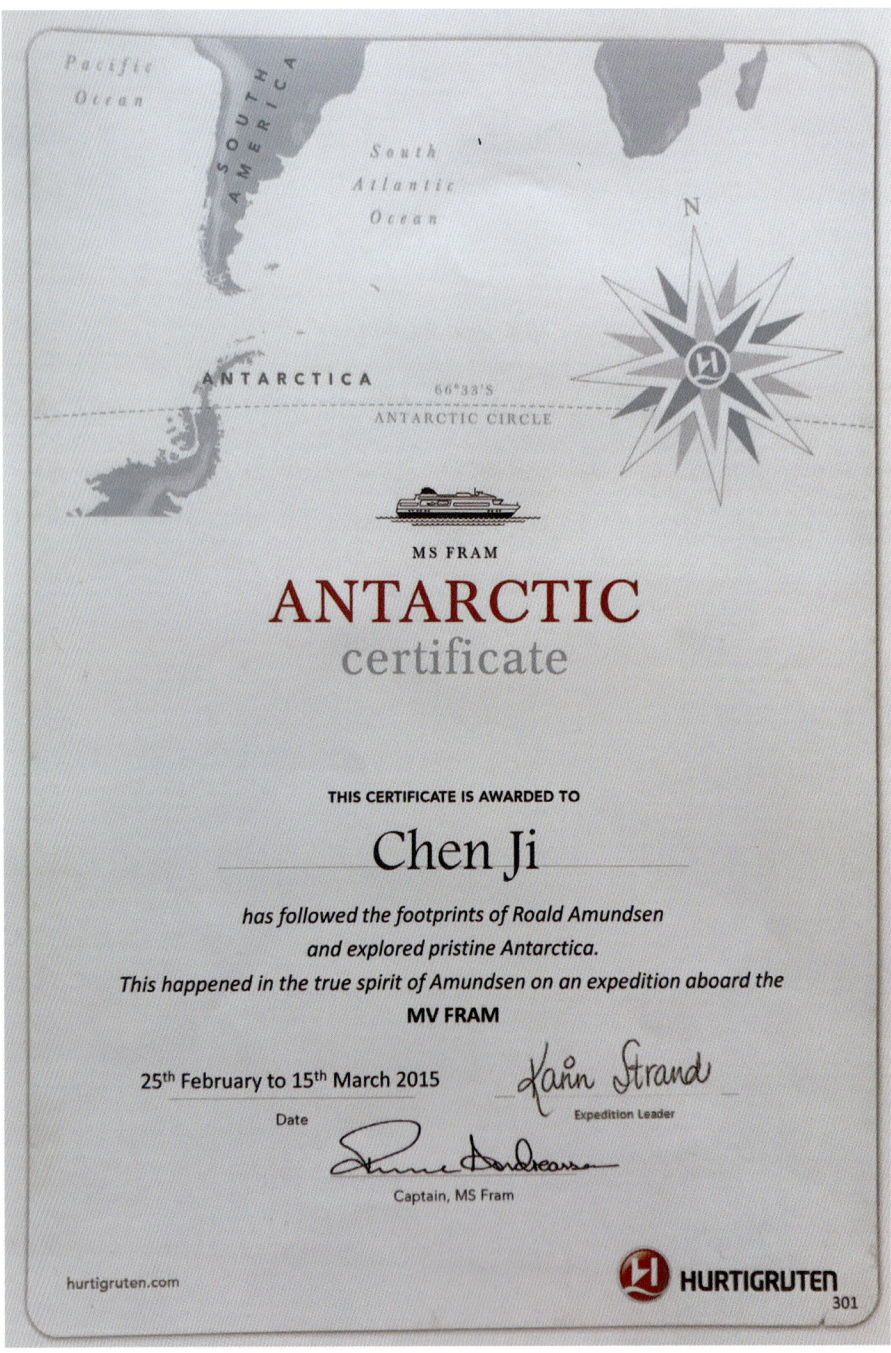

▲ 南极登陆证书

▲ "前进号"邮轮房卡

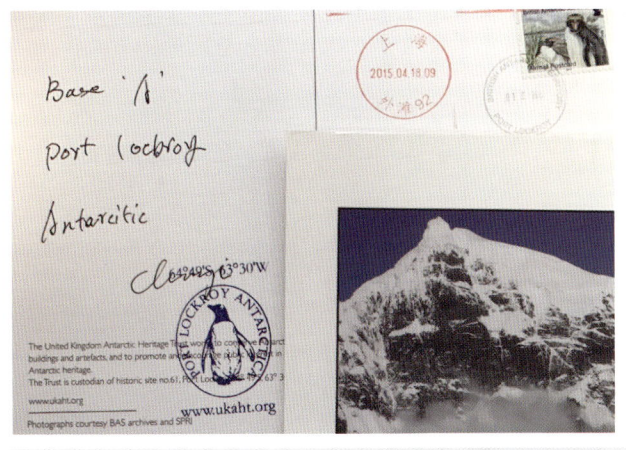
▲ 南极洛克雷港明信片

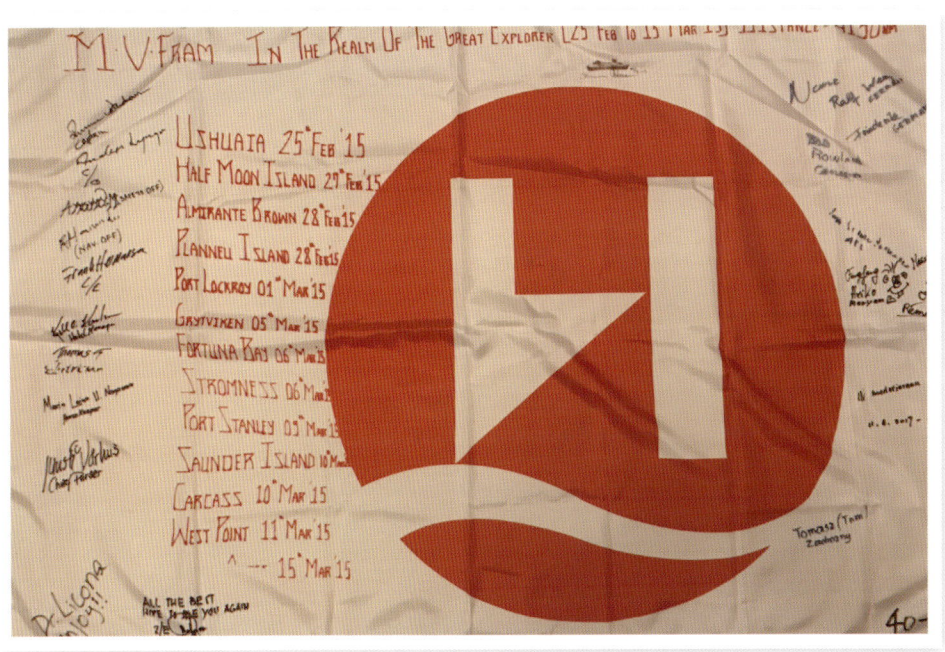
▲ "前进号"邮轮纪念旗

南极篇 | 79

南极小贴士

1. 赴南极最佳时间为每年11月至次年2月,此时为南半球的夏季,气温相对较高,便于在南极地区活动,大部分的旅游机构也只在这个时段经营南极游的线路。

2. 去南极的行程一般来说都是先坐飞机至阿根廷的首都布宜诺斯艾利斯,然后从那儿再飞到世界最南端的城市乌斯怀亚,最后登船过德雷克海峡到达南极。

3. 即便是在夏天,南极的温度也在0℃左右,加之风大,所以御寒的衣物必不可少,除了防风外套外,帽子、围巾和手套也是必备的。

4. 过德雷克海峡时,晕船药是必需的,有药不一定能躲过晕船,但没有药则晕船是大概率事件。

5. 榨菜、糖醋大蒜、花生米等"下饭神器"是去南极的必备食物,除非是天生"外国胃",不然在十多天的旅行中必然会出现食不甘味的痛苦。

6. 在邮轮上会有相当长的无聊时间,需准备好自娱自乐的旅行器具,可以打发很多无聊时间。

西藏篇

珠穆朗玛峰

珠峰朗玛
曾有的少年的懵懂
青年的青涩
梦之幻想中的
巍峨屹立
是一个心的约定
如今驾车而上
筑我神奇的膜拜
矗立起一个伟岸的身影
与珠峰共同跳舞
我这不速之客

为什么我的双眼如此有神
是你在我的身前
让我把生命压缩成一米阳光
从峰顶飘过
染红神奇的山体
珠峰的傍晚
辉煌的日照金山
烙上我所有的虔诚
站在地球的第三极
目光触及瞬间
有电流传遍全身

□ 引子

南极、北极和青藏高原被称为地球三极,是旅游爱好者向往但也很难到达的旅游圣地,对于中国人来说,南北极旅途迢遥,青藏高原的高原反应凶险,所以能完成全部三极者极其有限,而我在2015年完成了南极之行后,2016年又恰遇前往西藏的机会。西藏早已向往之,理应在十年、二十年前完成的功课直到如今才交付,有些汗颜,不过能因缘巧合能凑在与南北极一起完成,也多少弥补了这种迟到的缺憾。原先迟迟未能成行有各种理由,高原反应和食宿相对艰苦可能是两个最重要的阻碍,在准备西藏之行之时,就被不少人诘问,高原反应能承受吗?对此我是一点底气都没有,在黄龙和九寨沟我都有过高原反应的经历,对头疼欲裂的高原反应时有余悸。但出于对西藏的向往、对地球第三极的挑战,我还是乐意做回小白鼠,再次测试下自己的勇气和身体状况。2016年8月,北京秋意渐起之时,我踏上了前往地球第三极的旅程。

□ 北京启程(2016年8月6日)

从北京去拉萨的航班是8:30,一早从位于东直门附近的昆仑饭店打车去机场,车上机场高速后不久就遇上了堵车,前方三元桥附近的车祸让整条机场高速被堵得死死的。车辆一点点地向前蠕动,看着望不到头的车流,绝望的心情在慢慢地滋生。今日若赶不到拉萨,不仅自己的行程会耽搁,还会连累其他同去西藏的朋友。本次西藏之旅,除了我之外还有三位同行者,其中江苏的明越早已先到成都等候我们。也许老天有眼,在经过近20分钟的堵车后,车流终于变得顺畅,继而可以高速行驶了,悬着的心终于放下了。

有了这个堵车插曲之后,以后的旅程变得十分简单,在北京机场候机楼我和郑兄与匆匆赶到的云涛汇合后就登机了,飞机准时起飞,11时过后到了成都。下了飞机,在机场餐厅吃了一餐有老鸭粉丝汤和"猪顺风"的简便午餐之后便立马上了前往拉萨的航班。在空中又飞行了两个小时,在下午14:50,我们的飞机降落在拉萨贡嘎机场,在降落前看到了混浊的雅鲁藏布江在湍急地流动,水似乎漫过了堤岸,那些水中的树木看上去单薄而纤长,与黄浊的江水相映显得格外脆弱。窗外阳光明媚,日照强烈,拉萨阳光城名不虚传。

出了贡嘎机场候机楼,接机的藏族朋友丹增送上了长长的洁白哈达,可能是哈达过长,居然掉在地上并缠住了旅行箱的滑轮,更要命的是,把滑轮卡住了,这时,旁边一位藏民很热心地蹲在地上帮着拉哈达,耗费了不少蛮力,最后终于拉出了长长的哈达,但滑轮上还是残留了一些哈达的蕾丝。上了丹增的白色丰田SUV车,一路向拉萨驶去。车出机场,天是蓝的,云是白的,青藏高原的特征显露无遗,雅鲁藏布江就在公路一边,江水浑黄湍急。在驶过雅鲁藏布江大桥时,我摇下车窗,抓拍了几张这条高原大江的雄姿。约一个小时后,我们进入了拉萨市区,拉萨市区的建筑看上去与内地的小城市并没有太多的两样,看不到特别明显的藏式建筑,倒是路边有一座318国道纪念碑很吸引我的目光,在蓝天白云下,高大的纪念碑显得雄

▲ 布达拉宫之一

壮巍峨，看到纪念碑立马想到当年进藏的二野18军为修建川藏公路所牺牲的无数士兵。

在一条热闹的街道边，我们的车拐进了一个院落，院落内有一条坡度不小的通道，驶到通道尽头，一个小小的广场和几幢红色的建筑出现在眼前，这是我们早前预定好的喜达屋酒店集团旗下的瑞吉酒店。高高的红色围墙、窄小的酒店大门，显现出神秘藏式建筑的威严。进入酒店大堂，所有的装饰都带着浓重的藏式风情，据说这是整个西藏地区最为昂贵、最有特色的酒店。果然，在大堂一侧有一个观光平台，在此可以清晰地看见远处的布达拉宫。不少的游客在没有办理入住手续前已涌入平台一睹布达拉宫的雄姿。我们办完入住手续后，进入房间等待乘坐后一个航班的明越，我的房间十分宽敞，除了卧室特别大以外，卫生间和卧室完全分离成两个独立空间，而在卧室和卫生间之间的客厅中放置了一组沙发和茶几，可以用来喝茶、小憩，算是十分惬意的一个房间。推

▼ 布达拉宫之二

开卧室窗户一眼就能看到拉萨城外的雪山,这又让那份游玩的心情多了一点乐趣。

18:00过后,后一个航班的明越终于到达酒店,我们在酒店大堂集合去了离布达拉宫不远的"藏家1号"餐厅,餐厅位于热闹的街边,坐电梯进入餐厅,感觉餐厅藏式风味更重,餐厅内都是藏式长方条桌和有栏杆扶手的长椅,而餐厅的墙面装饰则揉入了西藏特有的大红大绿的色彩。

宴请我们的是北京同事的客户——拉萨的一家矿业公司,下午接机的丹增就是公司的专职司机,他将陪我们走完我们在西藏的全部行程。这家矿业公司有趣的是车辆号牌都带有一个数字7,数字7形似挖矿机的抓斗,可能是为挖矿吉祥讨个口彩。总经理次旺是位好客的藏族汉子,点了不少地道的藏式菜,还拿来了拉萨啤酒。我对于啤酒先是有点迟疑,不敢在第一天上高原就喝酒,但最终挡不住诱惑,小喝了几口,尔后便放松地畅饮。餐厅内有藏族歌舞表演,虽然听不懂歌词,但音乐听上去相当悦耳。两个穿着藏族服饰的男女歌手边唱边跳,引得那些内地来的游客纷纷起身拍照。

可能因为喝酒的缘故,同行的云涛好像有些不适,云涛来拉萨前有些感冒,为防止身体出现意外,吃完饭后便送他去附近的医院输液,既治感冒又防止出现高原反应。之后,我们便去了布达拉宫,看看布达拉宫的夜景也算是为第二天朝拜布达拉宫热身。到了布达拉宫广场,布达拉宫在四周密集灯光的映照下显得特别雄伟而亮丽,特别是红白二宫色反差明显,把这世界最高的王宫点缀得威严隆重。广场内有不少的游客在布达拉宫前拍照,我们用手机也拍了不少,每一张感觉都是一幅很精美的图画。在广场一侧我们还见到了帮我们办理第二天参观布达拉宫旅游票的导游。因布达拉宫门票十分难买,我们只能购买包括布达拉宫在内的拉萨一日游门票,620元一张的一日游门票事实上也就相当于买了一张布达拉宫的门票。

看完布达拉宫夜景之后回到医院,云涛还没打完点滴,他让我们先回酒店。回到酒店便开始纠结要不要洗澡,按次旺的说法,第一天不能洗澡,以防出现高原反应。但想想舟车劳顿一天,不洗实在难以入睡,犹豫了半天之后决定斗胆一洗了之。先准备好所有的换洗衣服,然后开了三分钟热水,把浴室暖热,进入浴室之后,迅速在五分钟内解决所有问题,然后穿好衣服上床。一切都井然有序,上了床之后便进入梦乡,入藏第一天喝了酒、洗了澡,打破了两条入藏戒律,但却一切安好,有些小小得意。

拉萨一日游(2016年8月7日)

早晨6:00醒来,打开窗户,窗外还是一片黝黑,天下着雨,一股寒气袭来,连忙关上窗户,坐在床上开始做一些旅行笔记。写完笔记并洗漱一番后便去餐厅,餐厅位于酒店主楼大堂一侧,吃早餐人不少,在餐厅遇到了云涛,挑选了一张长桌落座。喜达屋酒店集团属下的瑞吉酒店保持了一个国际品牌酒店的早餐特色,物料丰富,品种多样。吃完了丰盛的早餐之后,就开始等候一日游的导游,但等了半天不见其踪影,也并不着急,在酒店的大堂边看边拍。

8:30之后,导游与那辆一日游大巴终于出现在酒店大堂外,因有些小雨,所以感觉有些阴冷,回房间添加了衣服后便坐车离开酒店。大巴在布达拉宫附近的一条街上接了另一些客人之后,便开始拉萨一日游的第一个行程——参观藏民拉姆家。拉姆家位于拉萨郊区的一个藏民村落,这里已经被当地政府开发成一个旅游接待单位,有规模较大的藏文化旅游品市场,而拉姆家就在市场不远的一条小巷内。此时雨下大了,经过七拐八弯之后，我们冒雨进入拉姆家两层的藏民小楼。小楼是砖墙建筑，铝合金窗，独立小院，窗台上放着盆景花草。藏家客厅内铺着复合地板，金黄色的墙纸，长长的垫床，吸顶灯，五彩花饰，顶角线，中间是长方条桌的茶几，十多位客人在四周的长椅上团团围坐。藏民小女生拉姆端出酥油茶招待来访的客人，并开始介绍她家和本人情况。她家是地道的藏民，因为民族政策，她得以被送到云南民族学院读大学，读完大学后回到拉萨帮父母从事藏家旅游，向内地游客介绍宣传藏民生活和风情。拉姆一看就是个到过内地的人，除了一身藏族衣服，外貌和语言已完全汉化了。拉姆最后拿出一大堆藏民银器，向客人推销，那些银器为纯手工制品，其中不少的手镯款式精美、做工精致，算是不错的工艺品，可惜或许是价格较高，居然没有人购买。

从拉姆家出来，我们被导游拉到了一个藏药接待点，这是一个有很大院落的两层楼房，在那儿，知道了藏药的起源和藏医著名人物宇妥·云丹贡布与四部藏医医典，还了解到藏族所特有塔葬、天葬、水葬、树葬、火葬等殡葬方式。在二楼有个免费藏医医生咨询，在一字排开的七八个诊室内各有一位号称藏医的医生替游客把脉问诊，同时推销藏药，云涛可能是有感冒的缘故居然买了价格不菲的藏药。下一个游程依然是购物，我们来到了号称西藏矿物博物馆的一个地方，这儿人声鼎沸、人流熙熙攘攘，一派生意兴隆的样子，在不同的楼面、不同的柜台内，各种款式不一的饰物一应俱全，那些营销的女生热情洋溢、不厌其烦地推销她们的产品，其中最多的，也就是被藏人奉为吉祥物的天珠。云涛购买了不少价格昂贵的天珠，捎带送了我们每人一个，让我们与神奇的天珠也沾上了边。

完成了所有购物安排之后，那位胖胖的四川女导游便把我们一车人拉到了布达拉宫边上的一个定点餐厅用餐，餐厅装饰简陋粗俗，桌椅破败，最要命的是饭菜极其难以下口，米饭坚硬粗糙，菜里几乎看不到荤腥，是旅行中遇到最差的饭食之一，但为了看布达拉宫也只能将就对付。吃完饭，步行至布达拉宫门口排队，在门口，郑兄、云涛换了不少壹角、贰角的纸币，据说是进入布达拉宫后拜佛时需要捐些"香火钱"。看着他们高价换来的一大叠纸币，有些不能理解，但也聊胜于无地拿了一些。用宗教情结触动消费冲动，通过金融工具赚钱，是我上了青藏高原之后学到的又一课。

布达拉宫之三

布达拉宫每天只对外开放 2000 张门票，一部分可在网上预约，一部分需早晨排队购买，网上预约需要提前很长时间，门口购票则要天不亮就来此排队，我们这种既无时间网上预约又不愿排队者，通过旅行社花

▲ 布达拉宫之四

高价买票是唯一的选择。当然，高价能买到票也算幸运，千里迢迢跑到西藏，不看布达拉宫总有些遗憾。在进布达拉宫时，我们花了 400 元请了一位叫尼玛次仁的藏族导游全程讲解。布达拉宫坐落在海拔 3700 米的红山上，由红白两宫组成，整个宫殿占地 40 万平方米，建筑面积 13 万平方米，下部分为白宫，建于七世纪；上部分为红宫，建于 1690—1694 年，也即清朝顺治年间。整个宫殿高度为 115.70 米，有 369 个台阶，远观巍峨壮观，近看则有佛法森严的气势。布达拉宫是个行政与寺庙合二为一的宫殿，宫内佛殿、经堂、灵塔集聚，是一个集建筑、瓷器、佛像、佛塔、唐卡、服饰等文物为一体的庞大文物。我们徜徉在布达拉宫的各个宫殿，被藏族文化所震撼，特别是布达拉宫内几位圆寂的达赖金身圆寂坐像，让人印象深刻。因对六世达赖喇嘛仓央嘉措的喜爱，对布达拉宫也有了一份亲近感，他站在布达拉宫是西藏最大的王、走在拉萨的街头是西藏最大的"情圣"，他那些美丽动人的情诗就是在布达拉宫写就的。

　　结束了布达拉宫的游览，算是初步完成了在拉萨的行程，计划第二天一早将出发去日喀则。然而，出布达拉宫不久，先前在布达拉宫时已经有不适症状的明越出现了生病迹象，为防意外发生，我们即让丹增带他去昨天云涛输液的那家医院就医，在那里明越也被要求输液治疗，除了抗生素、红景天等治疗感冒和高原反应的药外，明越还输上了氧气，他坐在那儿的样子让人看了非常担忧。明越输液时，我们几个跑去医院旁边的一家清真面馆吃面，要了一大盆新疆手抓肉和番茄炒蛋等菜肴。回到医院，经过输液的明越神态已大为改观，让我们悬着的心放下了大半。考虑到明越的身体状况，我们决定把先去藏南日喀则的计划调整为先去藏东南的林芝。回到酒店已快晚上 23:00 点，酒店很安静，下过雨的拉萨空气中氧含量明显提高，加之有过一天的适应，人感觉特别舒畅，当夜睡得也很舒坦。

318 国道及米拉山口（2016 年 8 月 8 日）

　　早餐后太阳渐渐升起，日照强烈，8:00 过后，丹增驾车已到，8:20

我们从酒店出发,拉萨的马路上车流汹涌、人声沸扬,拉萨是一个充满活力的城市。过拉萨河时可以看到湍急的河水,过了拉萨河大桥,路面一下子变得坑坑洼洼,这条从拉萨至林芝的 318 国道正在拓宽和翻修,路上不少的地方堆满了修建公路的建筑材料和筑路设备。不过一路蓝天白云,心情未受路面的影响而一路驶去。但路越来越糟,不多久,车子像过山车般的一路颠簸,更要命的是开始了堵车,丹增是个急性子大哥,堵了没多久便开始从便道上超车,超车中车的轮胎都已压在路边上,一不小心车就会滚入路边的沟壑。好在丹增车技了得,一路超车不断,都是有惊无险。好不容易杀出堵车重围,却不料在一次靠路边停车休息之后,车子居然无法发动了,连续试了多次都一一失败。在大太阳底下,丹增急得满头大汗,搞不明白为什么会突然无法发动,无奈中打开车盖检查车辆,一看原来是由于先前车辆过于颠簸而将电瓶电线插头震松了,插上后果然就能发动了。

有了这次惊险之后,轻车上路,人也觉得轻松了不少,渐渐地周边

▼ 米拉山口

植被越来越少，海拔在不断地上升，很快从路牌中看到前面就是海拔5013米的米拉山口。虽然说五千多米是一个不低的高度，但因为一路盘山而上，所以真正到了山口处，也不觉得特别的高大雄壮，只是路边那块写有"米拉山口5013米"的石碑一立，就有了名山气势。米拉山也称"甲格江宗"，是拉萨与林芝两个地区的分水岭，是拉萨重要的界山。山东面气候湿润，植被茂盛，山西面气候干燥寒冷。我抬眼向来时的公路望去，远处盘山公路像条细长的弯弯曲曲的带子，缠绕在寸草不生的莽莽山岩上。空旷、厚重成为山口的景色，经幡下的石碑前有不少的人排队拍照，站在山口处除了有点寒冷的感觉和微微的气短外没有其他特别的不适，高原反应在此不觉得明显，但驾车的明越却有了高原反应，甚至夸张地吸上了小氧气瓶。因为山口处车多人杂，我们只在那儿待了十来分钟就一路向山下奔去。

到了海拔四千多米处，绿色的植被明显多了起来，公路两边出现了数十家餐馆，看上去很是壮观，我们选择了一家人气很旺的川菜馆享用午餐。虽在海拔四千多米的山上，但店家可供选择的菜肴不少，明越一口气点了松茸、黑毛猪、麻辣豆腐和一些蔬菜，不过十来分钟，一桌丰盛的菜肴便出现在我们的面前，蔬菜虽不新鲜，但味道已经超过了预期，一餐下来，花费了800多元，不便宜，但有酒足饭饱的享受。

巴松措湖（2016年8月8日）

越向林芝方向行驶，海拔越不断下降，进入工布江达地区，公路两旁出现了绿色森林，加上蓝天白云，放眼望去有种心旷神怡的舒畅。最让人舒心的是，此地的高速公路已经修成并通车了，而且车辆稀少，路况极好，加上风景秀丽，我动了驾车的念头，于是从丹增手中抢过方向盘，一路开去。在西藏驾车的愿望在此终于得逞，方向盘在手中也是格外轻巧，浑身洋溢着轻松的心情。但是好景不长，不过十来公里的车程，因我们的车马上要下高速去到巴松措湖，按经验进入巴松措必有警察查验身份证和驾照，而我如果被查出没带驾照的话，那就有不小的麻烦，

巴松措湖

所以丹增要回了方向盘。下了高速之后不久，果然遇上警察盘查身份证，庆幸自己躲过一劫。在离巴松措湖景点大门一两公里的路上，我们的车被一个当地人拦下，丹增下车询问后回来告诉我们，巴松措湖的门票每人要180元，而且我们自己的车辆只能开到离景点很远的停车场，如果换坐当地人的车，可以把我们拉到景点门口而且每人只要120元。在省钱和方便的双重诱惑下，我们被换到了那辆破烂而气味浓重的旧面包车上，一路疾驶无人阻拦，直接来到被雪山掩映的巴松措湖码头边上。

通过长长的栈桥我们来到距岸边百多米的扎西岛，这儿四周全部是湖绿色的湖水，湖水清澈见底，光影之下闪烁着迷人的色彩。湖水又被远处的雪山围绕，湖泊、雪山、寺庙构成了一个宁静的西藏宁玛派（红教）修佛圣地。扎西岛上有一个红教寺庙，寺庙门口的旗杆高耸入云，白塔秀美整洁，而位列寺庙两侧的男器、女器木雕，充满了人性的喜乐。巴松措湖上空的白云热烈而又奔放，充满了勃勃生机，白的云、蓝的天与湖绿色的湖水构成了一幅美丽的图画。巴松措湖景色虽好，但因太阳的毒辣，人有些困乏，我们便早早地离去。

离开巴松措湖，重上高速，一路向东，不过50多公里，林芝已在视野之中，位于尼洋河河边的林芝在暮色中显得格外幽静。我们在导航的指引下，找到了尼洋河边上的岷江宾馆。晚餐就在与宾馆一街之隔的一家餐馆解决，这儿餐馆的主打菜都是石锅鸡，我们要了一个大份石锅鸡和一些当地菜肴，喝上了从上海带来的茅台酒。我可能有些"低原反应"，头略略地作痛，所以没喝白酒，石锅鸡的美味也没有感觉出来，相反有点头重脚轻的感觉。吃完饭，沿着尼洋河边稍稍观光了一番就回旅馆睡觉了。在海拔3650米的拉萨没有高原反应，反而在海拔不到3000米的林芝有了不适，不知道这算不算传说中的"低原反应"。

南迦巴瓦山（2016年8月9日）

早晨6:00不到，被旁边房间的叫声吵醒，一夜六七个小时的安睡把昨晚的不适完全消除，人感觉特别舒服。7:30用过早餐，天已完全大亮,有阳光照射在建筑物上,显然又是个好天气。离开林芝前先去酒店附近的加油站加油,加油的当口在林芝街头闲逛,路上没有太多行人,四周山上云雾缭绕,一片葱茏,有种云里雾里的缥缈。加完油后,出林芝,重上高速公路,向雅鲁藏布江大峡谷方向一路疾驶。车沿着尼洋河行驶,一路风景奇丽,那些散落在河中浅滩上大片的树丛很有九寨沟风景的神韵,看得让人人心旷神怡。但这样的景色没有持续太长的时间,我们的车很快就折弯在一个叫米林的地方下了高速。下了高速不久,即遇到了尼洋河汇入雅鲁藏布江的风景点。停车观景,这儿风景绝美,尼洋河款款汇入湍急的雅鲁藏布江,远处群山耸立,山水互映。突然,一架飞机从远处飞来,偌大的机身近在咫尺地掠过江面,并向下俯冲,原来林芝米林机场就在不远处。不适应高原气候的人,一般先到林芝做短暂适应后才向拉萨等地进发。

从观景点出发后不久,我们的车一直沿着雅鲁藏布江行驶,江水浑浊湍急,在群山中蜿蜒前行,而我们的车也一直在崇山峻岭中不断地与雅鲁藏布江相伴而行。一个多小时后,我们的车到了一个旅游景点,走在两层楼高的观景平台上,可以看到雅鲁藏布江奔流的水流,此处江滩宽阔,湍急的江水受到两边山岩阻拦后涌入江滩,江滩上布满了不少溪流,很是壮观。从景观介绍中知道,雅鲁藏布江全长 2900 公里,流域面积 93.5 万平方公里。它从海拔 5300 米以上的喜马拉雅山脉中段北坡冰雪山岭发源,由西向东横穿整个藏南地区,河床一般在 3000 米以上,是世界上最高的大河。此处海拔为 2946 米,再向下游为南迦巴瓦山,并从南迦巴瓦山处折向南流入印度,在印度被称为布拉马普特拉河。在景点停车场看见一位卖玉米棒的藏族大哥边卖边唱,他肤色黑亮,歌声旋律优美,加上自配的音箱,一时也吸引了不少游客,不一会儿一大锅玉米棒全部卖完。

从景点继续上路,直到中午时分才进入了南迦巴瓦山景区,在离

▲ 南迦巴瓦峰

景区大门不远的山道中，我们透过树林能看到云层中若隐若现的南迦巴瓦山峰的雄姿，据说南迦巴瓦山主峰很难现真身。到达景区大门后，我们的车只能停在景区指定的停车场，同时换乘景区大巴进入景区。含景区大巴在内的260元门票着实有些贵，但跑了那么远的路，再贵也得购票进入。大巴上有导游不停地介绍着南迦巴瓦山和雅鲁藏布江大峡谷的各处景观，而我的目光不断地从窗内向窗外窥探，因为已能看到远处山谷流动的雅鲁藏布江，只是因为江在很远的山谷中，因而犹如一条黄色的带子。

　　景区大巴总共停靠五个景点。第一个景点是从远处眺望南迦瓦

雅鲁藏布江大峡谷

峰，但山峰大半个身影都被云雾挡住了。第二个景点是浏览当地门巴族民居。直到第三个景点才得以真切地观望南迦巴瓦峰，在观景平台上，我们从旁边的零食摊上买来啤酒、牛肉串、猪条，坐在那儿悠闲地观看已露出小半个身影的南迦巴瓦山主峰。南迦巴瓦山峰是西藏林芝地区最高的山，海拔7782米，有"西藏众山之父"之称，是西藏最古老的佛教——雍仲本教的圣地。此时，南迦巴瓦主峰在蓝天白云下显得异常高大俊朗，犹如一把直刺天空的长矛。南迦巴瓦峰的白云像是一匹在雪域高原上驰骋的战马围着南迦巴瓦峰转悠。稍有遗憾的是，南迦巴瓦主峰未能完全挣脱云雾缠绕而露出被冰雪覆盖的全部真身，只露出个小脸，但尽管如此，我们很是知足，在这个被称为"羞女峰"的面前，能见到它小半个身躯已经是非常荣幸了。

第四个景点就是被称为雅鲁藏布江大峡湾的观景点。在景点下车后，穿过公路，沿着一条长长的坡道一直向下走向雅鲁藏布江堤岸。走到江边，两岸山峰耸立，山岩坚硬如铁，雅鲁藏布江在山峰的挟制下，浑黄的江水湍急奔腾咆哮，水流冲击岸边石块所发出的巨大声响听起来有惊悚的恐惧。与科罗拉多大峡谷齐名的雅鲁藏布江大峡谷在此展示了它真实的一面，雄伟壮美的山岩和与水声鼎沸的江流，激荡与迤逦并融。至第五个景点处，大峡谷里分布着不同落差的植被，特别是在此看到的热带雨林景观让人叹为观止。谷底间气温不断提升，我们接连脱去多件衣服仍觉得太热。

下午15:00过后，我们从第五个景点折返回大门停车场，等待了一个下午的司机丹增已经有些不耐烦了，在公园门外连连电话催促回程，他希望能在太阳落山前赶到鲁朗看南迦巴瓦峰的落日。我们回到林芝机场附近的雅鲁藏布江边上，从这儿沿着雅鲁藏布江一路向北驶往鲁朗。但只开了数公里就被反向驶来的车辆告知前面公路滑坡，去鲁朗的路已封。我们有些不死心，继续往前开了一段路后，果然看到了拦在路中央的栅栏，只得折返。但想着南迦巴瓦峰的落日和鲁朗的石锅鸡，又有些不甘心，车快到林芝时，丹增说从318国道绕一下也能到鲁朗，于是我们重新燃起信心，但上了318国道不久前面又开始堵车，下车打听到的消息说前面去鲁朗的318国道也塌方了，晚上20:00之后才能通车。看着后面不断堵起的长长车队，掉转车头回林芝成了唯一的选择。路途中尼洋河的景色非常优美，想象不出在西藏这样一个高原地区竟然有着江南水乡的浩渺与秀丽，那种湖与雪山的美景也许只有此地才有。回到林芝，我们沿着昨晚来过的那条大街寻找合适的餐厅用晚餐，石锅鸡当然是必点菜肴，以弥补不能去鲁朗的遗憾。而白酒、啤酒配上石锅鸡也是恰到好处，那一晚酒喝了不少，饭后向餐厅老板打听林芝的KTV，想继续喝上一杯，离餐厅1公里不到的地方，终于找到一家还算不错的KTV，终于有了在高原放喉高歌的经历。

重回拉萨（2016年8月10日）

早晨9时，从岷江宾馆出发，尼洋河风光一如昨天的奇秀，江面和远处的山峦云雾缭绕，过尼洋河大桥时，河面波光粼粼、意象万千，经不住美景的诱惑，我打开车窗一阵狂拍。上了高速，路两边的山上依然绿荫葱郁，难以想象此时车是走在高原地带。车在高速公路上行驶，尼洋河不断映带左右，此处河滩视野开阔，吃着先前在路边小摊上买来的一袋杏子，看着窗外秀色可餐的风景，心情极其愉悦，一路的轻车熟路，很快就到了工布江达境内。此处没了高速，只能走318国道。此处的318国道也在翻修，一路坑坑洼洼。司机丹增找到一家路边车行，他要在此修理被撞坏的后车尾灯。趁着修车的空闲，我们来到车行隔壁的杂货店，买了矿泉水并与杂货店老板娘聊天。老板娘是四川人，隔壁的车行也是她家的，问她生意是否兴隆，她说生意马马虎虎，不是太景气。看着地上一堆松茸，问她松茸从何而来，她说是从周边的藏民处收购来的，并转手卖掉做点小生意，周边的山上有松茸，但因采的人多，松茸越来越少，生意也不好了，而且长期在高原地区生活心脏有些不适，打算

再做段时间就回四川养老了。

离开工布江达，一路向米拉山口奔去，路上不断地看到那些骑自行车进藏的旅行侠，看到这些仅凭一辆小小的自行车骑行在海拔几千米的高原上，一路风餐露宿，翻越无数高山峡谷的骑者，真心钦佩。车过米拉山口时堵车，但我们因吃过了午餐，所以有足够的耐心看车辆慢慢地通过人满为患的米拉山口，车过米拉山口后就显得一马平川，不久又重回高速公路，在下午4时已到了今晚要住的酒店，酒店离布达拉宫不远，酒店建筑装饰充满了藏式风味，是丹增公司的产业，原名叫强巴庄园，不知什么原因交给一个酒店管理公司经营，连名字也改了。晚餐在手机上搜寻了半天，终于决定去离酒店不远的一家东北人开的饺子餐馆，我们要了满满三

▼ 泥洋河

大盆饺子，再加上一大桌东北菜肴，让东北人云涛吃得大呼过瘾。

晚上，明越联系的一位在西藏非常有名的琼布活佛愿意在拉萨见我们一面，他在完成公务活动后会通知与我们见面的时间和地方。琼布是藏语"大鹏鸟"的意思，琼布活佛是1995年寻找十世班禅的"转世灵童"时三位候选灵童中年纪最小的一位。

我们在酒店时听说琼布活佛晚上要观看大型情景剧《文成公主》，便让明越与琼布活佛联系，我们也购票去观看《文成公主》，并在剧场与他会面。我们匆匆赶到位于拉萨市郊的大型露天剧场并观看了演出，但在演出结束后，因退场的人流过于庞大，加之活佛出行都由拉萨市政府安排，所以我们不能在剧场与活佛见面交流，可是第二天双方都要离开拉萨了，所以琼布活佛决定让我们去他住的酒店与他见面。

我们连忙赶往拉萨的友谊宾馆。在大堂内，我们等到了活佛的随从管家，由他领我们上楼去活佛的房间。我们走过长长的楼道，在楼道最后一间房间门口看见几位穿着红袍的僧侣正站在那里，并微笑着引领我们进入活佛的房间。活佛入住的房间不过是酒店最普通的标间，坐在窗前沙发上的琼布活佛微笑着与我们寒暄，表示先前事情太多实在是无法脱身而只能让我们这么晚还来酒店见面。房间很小，五六个人在房间里显得有些局促，我坐在床的一侧远观活佛，活佛是位非常年轻的"90后"，肤色白净，语言温和，而且很健谈，一点没有初见的陌生。他与现任十一世班禅额尔德尼·确吉杰布也是十分相熟，经常一起参加各种社会活动。琼布活佛聊起时政和各地人文情况如数家珍，那种成熟和老道绝非同龄人所能比拟。因时间已接近午夜，我们怕耽误琼布活佛休息便起身告辞，活佛送了我们每人一串由他"开光"的硬木手串。回到酒店，已是凌晨，但因见了活佛多少有些兴奋，也不觉得劳累，连高原反应都不见了踪影。

大昭寺和小昭寺（2016年8月11日）

早晨8:00起床，上午因要等去珠峰大本营的边防通行证，闲着无

▲ 拉萨八廓街

事便约了明越同去大昭寺观光一番。我们扬手叫停了一辆出租车，上车后发现车上居然已经有一位客人，而我们两个上车后，途中又搭载了一位客人，拉萨的出租车有点像长途大巴那样可以随时上下客，这也许是拉萨特色。到了大昭寺八廓街，藏式风情建筑扑面而来。大昭寺人气很旺，游客、烧香拜佛的人群熙熙攘攘，特别引人注目的是那些全身伏地一步三磕头的忠实信徒，他们的身上有着厚实的围兜，手肘、膝盖上有着围护，衣服油腻不堪，头发蓬松而零乱。见到那些跟着大人卖命磕头的小孩，实在有些不忍心，就把在布达拉宫留下的纸币全给了那些小孩。要进大昭寺的游客和信徒不计其数，除了入口处人潮涌动，沿着大昭寺围墙也排起了长长的入寺队伍。我们既不是信徒，也对入寺没有太大的意愿，就围着大昭寺走了一圈，也算是到此一游了。

出了八廓街，觉得时间还早，一查阅地图发现小昭寺离这儿不远，就一路跑去。小昭寺的知名度远不如大昭寺，因而人少了许多，不仅不用排队，而且可以一路来到释迦牟尼的真像处。此处人们神情严肃、香火缭绕，香客们都排着队在释迦牟尼真像处供香，我们无意排队，远远地看了一眼便离去了。小昭寺小得不能再小，一圈下来花费了不到二十分钟。走到街头，看见不少的三轮车在拉客，抱着好玩的心态，我们雇了一辆三轮车准备回酒店，上了车与三轮车夫聊了几句，突然动了一个奇怪的念头——想在拉萨骑一回三轮车。于是忐忑地向三轮车夫提出互换下座位，三轮车夫先是一惊，后觉得可以做个顺水人情，便让出了他的驾座。我骑上三轮车的一瞬有些茫然，不知自己真的可否在海拔三千多米的高原上骑驾那辆坐着两个大老爷的三轮车，我重重地踩下踏板，车没动，三轮车夫下车推了一把，车开始动了，我紧接着两脚交替踩着三轮车踏板，在拉萨的街头骑得很是顺溜，遇到红绿灯刹车一点都没有陌生感。骑行了约一公里，三轮车夫看着街头车来人往，有些不放心而要换回我，我过了一把在拉萨骑三轮车的瘾，也就心甘情愿地让出了驾座。

我们在上午 11 时赶回酒店，得到消息边防通行证办不出，着急又无可奈何。在酒店前台处询问到一个信息：只要旅行者人数在四人以上，去边防总队当即就可以办理通行证，而且总台旁的旅行社也可代办，可见通行证不难办出。我们带着诸多不解去电话询问代办通行证的次旺，电话中被告知，因为我们开车的丹增以前有过驾车违章的记录，所以他的边防证被卡住了，所以连带了我们，目前正在想办法解决，最快也要在下午边防人员上班后才有可能办出。想想留在酒店无事可做，不如驾车去罗布林卡的寺庙观光一下，边玩边等通行证。于是带上行李离开酒店，开车在拉萨街头不出十分钟，丹增接到一个电话，说是包括丹增在内的五张边防通行证全部办出，此消息一来顿时有如释重负的感觉。于是，罗布林卡不去了，准备取了通行证后立即启程去日喀则。正掉转车头时，又冒出一件事来，次旺所驾的车因油被耗尽抛锚在路边，需要我们的车拖至加油站。

赶到次旺抛锚处，车上没有专用牵引绳，用上了一条白色哈达，但刚驶出一公里就断了。于是丹增去买牵引绳，而我们则在路边一家重庆火锅连锁店边吃边等他回来。半个多小时后，丹增不仅把那辆金杯车送到了加油站，还顺道取回了边防通行证。一切都在峰回路转中变得顺利无比，当即加快吃饭速度，启程前往日喀则。

羊卓雍措湖和乃钦康桑雪山（2016年8月11日）

中午时分的拉萨，气温瞬时升高了许多，厚重的外套已经没法穿了，索性打开车窗，让风吹拂，没有再比这种感觉更能体验旅程的轻松了。车

▼ 通往羊卓雍措湖的公路

出拉萨后不久，丹增在 318 国道上的一个加油站加油时捡到一个手机，在我们劝说之下他联系了失主，这是位做超市生意的女生，丹增与她约好在曲水县的一个十字路口见面交还手机。十五分钟后，我们的车在曲水县城的一个路口见到了这位丢手机的女生，她很热情地邀请我们去她的超市，我们因赶路，婉谢了邀请，她从车窗外硬是塞给我们两包香烟。

过了曲水县，我们一路向南前往羊卓雍措湖，经过一个公路收费站后，我们进入了山区，山不算陡峭，但公路两旁的景色单调，植被一点点变得稀少，海拔也很快进入到了 4000 米以上。我看到盘旋的山路便有些心动，让丹增交出了方向盘，于是一路沿着盘山公路驶去。很快海拔过了 4300 米，山路越来越陡峭，我有些紧张，毕竟是第一次开这样的山路，而且又是在高海拔地区。好在山路上限速 30 公里/小时，车速不能快，只要跟着前面的车辆一路向前即可，遇到转弯时，注意力稍加集中就不会有太大的惊险。抬头望向车窗外，山路像是一根细细的带子围着高大的山体盘旋，远处的车辆就像是在绳子上爬动的小虫，一点一点地蠕动。有些小激动，能在这样的高海拔地区驾驭一辆 SUV 车是难得的机会。过了海拔 4500 米之后，山路两旁已是满地风化的小石块，几乎难以看到绿色的植被，丹增夺回了方向盘，而我也有些高原反应的症状，重新回到原来的座位。

在翻过了一个山头之后，我们看见路边停满了车辆，而四处山坡上扎满了多彩的经幡，在远处，蓝色的湖泊一隅映入眼帘，我们知道，西藏

▲ 羊卓雍措湖上空的白云

三大圣湖之一的羊卓雍措湖到了。花了不少时间寻找停车的地方,而我已有些迫不及待地下车奔向羊卓雍措湖,湖泊在高大的山峦之中,碧蓝清澈,从我所站的山坡走到位于山腰的湖边可能有数公里之远,我下来走了一小段,景色已是大美,山的俊朗、云的低垂都让人有落在画中的感觉,特别是大片的云朵在头顶上飘逸游动,人会随着云朵的移动而有

羊卓雍措湖

▲ 羊卓雍措湖旁拍照的新娘

些恍惚。在湖边另一坡顶处，有一对新人在拍结婚照，远处坡顶上，那位穿着婚纱礼服的新娘特别显眼，在大片密集的云彩之下显得特别高贵神圣。弯月般的湖岸和头顶的白云相映成趣，把羊卓雍圣措湖的特色完美呈现，仿佛在高调祝福这位美丽新娘的美丽人生。但也确实佩服这样的新人，能在这么高海拔的山上来来回回摆姿势拍照，而我只是为了能拍到不远处的油菜花，从山坡的顶上慢慢下坡，不过一上一下间就有些喘不过气来，看来高原反应是名不虚传的。

　　从拉萨出发的时间晚了，所以在羊卓雍措湖不能多停留，因为还需要从这儿一路赶到数百公里之外的日喀则。望着眼前的美丽湖泊，有些不忍，但不得不离开，只是在离开前特意将车开到湖边能触摸湖水的地方，亲临感受湖水的芳泽。把手伸入湖中，用手掬起一点湖水，用舌尖轻轻抿了一下，顿时口中弥漫着一股咸咸的苦涩味，咸水湖的湖水果真像海水，一点都不如淡水湖的湖水那样有淡淡的芳草味。起身上路，车一直沿着羊卓雍措湖湖边公路行驶，湖水、山峦相映在车的一侧。此时，天空特别蓝，蓝色的天空反衬出云朵的洁白，而随风飘动的云追着我们的车一路走。走在这样的路上，心情自然十分的愉悦。我们把窗打开，用手机拍着湖水和蓝天白云，天空有鸟飞过，他们给静止的景物带来了十足的动感，自然也给我们的照片带来了无穷的美感。

▲ 羊卓雍措湖旁油菜花之一

在公路上我们不时能看见"小心牦牛"的警示牌，这条公路上来往车辆特多，而牦牛又是藏民最重要的财产，一条牦牛价值不菲，如果撞死一条，对双方都是一种损失。我们的车行驶了半个多小时，始终没有离开羊卓雍措湖，在手机上查阅了地图，居然发现羊卓雍措湖有一条细长的"尾巴"延伸至数十公里之外的浪卡子县，而公路则缠绕着这条细长的"尾巴"一侧通向浪卡子

▲ 羊卓雍措湖上空的蓝天白云之一

县。八月的西藏正是油菜花盛开的季节,在湖岸边,我们不时地可以看到大片的油菜花,那些黄绿相间的色彩在蓝天白云的衬映下显得春意十足,车驶过这些油菜花旁仿佛可以闻到一股淡淡的馨香。终于,在翻过一个山坡之后,告别了与我们厮守了一个下午的羊卓雍措湖,在它即将从视线中消失的一瞬,我又回眸了湖的一隅,湖水依然碧绿清澈,天空依然

▲ 羊卓雍措湖旁油菜花之二

▼ 羊卓雍措湖上空的蓝天白云之二

白云朵朵,美丽的羊卓雍措湖,就此告别。

　　进入浪卡子县地界之后,公路有些破旧,车不时地在坑坑洼洼的公路上颠簸,人在车内像是在船上那般左右摇晃,而窗外的植被也明显不如羊卓雍措湖地区,公路两边都是土堆或沙石。公路上很少能看到来往的车辆,也见不到像样的藏民村落,这样的肃杀景象对照先前在羊卓雍措湖景区的人声鼎沸,有如隔世的感觉。渐渐地,我们的车进入荒漠的山地,公路两边不时可以看到高大的雪山,这些连绵的雪山在傍晚西射的太阳光映照下有着特别漂亮的侧光影像,雪的层次显现得特别分明。为了这些美丽的侧影,我们

▲ 乃钦康桑雪山

▼ 乃钦康桑雪山旁的藏族女孩

▲ 乃钦康桑雪山白塔

不时地停车拍照,车外的气温大幅度地下降,人在车外不过三五分钟就会感觉寒意逼人。丹增见我们如此痴迷雪山,就说前面有更漂亮的雪山,催我们上车前往。果然,不到十五分钟,我们来到了西藏四大神山之一的乃钦康桑雪山。我们在公路旁边找到一个停车场,海拔7191米的乃钦康桑雪山就在停车场对面静默峙立,山体顶部尖锥突兀,冰川封盖,冰川一直延伸到半山中,远远地看去乃钦康桑雪山像是一个身披白色战袍的武士,充满了一种阳刚的锐气。据说,我们眼前的冰川就是大名鼎鼎的卡若拉冰川,而原先卡若拉冰川一直延伸到公路边上的山脚下,只是因为气候变暖才使得冰川不断地退去,也许若干年后,再来此地会见不到这条美丽的冰

▼ 拉孜县湿地之一

川。对于这样难得一见的壮观雪山，我们自然不会少拍照片，但不知什么时候我们眼前突然出现了四五位身着藏袍的藏族美少女，她们好客热情地为我们介绍雪山和这儿的风土人情，还邀请我们在雪山下的那尊漂亮的白塔旁边与她们合影。小帅哥明越是她们重点邀请的对象，他们结伴对着雪山和经幡也不知拍了多少照片，最后明越花费了不少银子，因为这些女生是本地的导游兼导摄，每一张照片都要支付她们 10 元或 20 元不等的小费。眼见天色渐晚，我们不得不登车重新上路。此时气温愈加的寒冷，我们不敢再随便下车。

  离开乃钦康桑雪山不久，就进入了拉孜县，拉孜县是西藏著名的粮仓，也是一个历史名城，当年电影《红河谷》所讲的故事就发生在拉孜地区。

▲ 拉孜县湿地之二

与浪卡子县相比，拉孜县的植被要好许多，一路上我们不时可以看到湿地，在湿地中不时有潺潺的溪水流淌在广袤的草地上，水草丰美的景色一点不逊色于内蒙古草原。面对这样的美景，我难以克制，不顾车外的寒冷决意下车，我跳下公路，在草地上寻觅最好的拍摄位置，远处山峦起伏，白云飘浮，近处溪水泛着晶莹的光泽在草地上蜿蜒而流，还不时能听到淙淙的水声。回到车上，我的思绪还沉浸在先前那片绿色葱郁的山峦、那些金黄色的油菜花和流动的溪水中，很难想象得到在西藏这样的高寒地区能遇到如此绝美的江南景色。但更没有想到的是，在随后的路途中，我们又遇到了一个更令人叫绝的湖景。在一片静寂的山谷之中，一座叫满拉水库的湖出现在我们的眼前，湖水呈现微蓝的颜色，和下午的羊卓雍措湖有几份神似。但在夕阳的照射下，这儿比羊卓雍措湖多了一份静谧和安逸，在湖岸上我们几乎看不到任何游客，完全是一个纯天然免费的绝美景点。若不是我们急于赶路，在这儿静静地

满拉水库

▲ 江孜平原油菜花之一

▼ 江孜平原油菜花之二

待上几个小时发呆是完全可能的事。

离开满拉水库，时间已过晚上 7 时，但因为地处中国西部，此时太阳还没有完全落山，太阳的余晖还不时地透过山峦的缝隙照射在江孜平原上，给平原上那些绿色的大地镀上了一层金黄色的阳光色块，黄与绿相间，与天上的蓝天白云筑成了一幅美丽的画面，像是一幅有丰富色彩和生命

▲ 日喀则的晚霞

力的油画，站在这样的画面前，让人感到自然的美丽和活力。一种天地万物融于一瞬的满足感自然而然地从心底流出。天终于暗了下来，我们路过了江孜县城，江孜县城内有不少的历史名胜古迹，但苦于时间不够，只能与之擦肩而过，小有遗憾。过了江孜，就离我们今晚住宿的日喀则市不远了，大约在一个小时之后，我们摸黑进入了日喀则市，但令我们有些意外的是，日喀则市内居然灯火璀璨、夜市兴旺，完全感觉不到这儿是一个青藏高原城市。到了预定的酒店，我们稍微收拾了行李即去酒店边上的一家四川火锅店用晚餐。这家火锅店装修十分豪华，而且食客云集，热闹非凡。地道的四川火锅，加上从酒店边烤羊肉摊上买来的羊肉串，自然让我们有大快朵颐的享受。白酒加啤酒，我们早把高原不能喝酒的戒律丢到了九霄云外，但我想到明天要上珠峰大本营，不敢喝太多，而他们几位则是无限欢畅地大喝起来。

珠峰大本营（2016年8月12日）

在高原待了一周后，高原反应好像已经完全消失，日喀则虽然海拔在3800米以上，但昨晚依然睡得非常舒坦。我起床后即去了酒店旁边的马记牛肉面店，此时天刚刚亮，气温很低，店铺的门虽然开着，但灯光暗淡，店家人员说伙计还没有到，要稍等才有面可吃。于是我寻了一个座位坐下，并一一打电话给同伴，让他们赶紧下来吃早餐。二十多分钟后，我们吃上用高压锅做出来的面条和饺子，虽不如内地的面食美味，但还算可口。吃饱喝足之后我们即出发去珠峰大本营，这是我们来西藏最期待的一个景点。但不知是昨晚司机丹增的酒喝多了还是日喀则的路变化太大，我们在市内兜兜转转近一个小时才走出日喀则市区，上了318国道。

上了318国道就是一马平川的感觉，沿着318国道先向西到达拉孜县，再向西南去往定日县，被世界誉为第一高峰的珠穆朗玛峰就在定日县的中尼边境地区。在西藏开车，限速规定与内地也稍有不同，除了路途中有不同形式的限速摄像头，还有区间限速，即从一地到另一地需要行驶完规定时间才算不超速，检测的办法是在某地的检查站给一张"路条"，上面注有出发的时间和到达下一站的时间，如果在规定时间前到达下一个检查站，则视同超速。因此，在一般情况下，没有人会在路途中去超速行驶。超速对丹增来说是家常便饭，所以我们不得不常常在离检查站还有几公里的地方停车等待，耗掉提前到达的时间才去检查站验证。

在拉孜与定日的交界处，我们看到一个巨大的拱门，上面有"珠穆朗玛欢迎您"的字样，我们以为快到珠峰大本营了，但下车才知道这儿不过是刚到定日县地界，离大本营还有一百多公里。进入定日县城已是中午12:00过后，我们在公路旁边商店里买了一大堆包子和火腿肠权当午餐，包子也是用高压锅蒸出来的，味道一般，但勉强能食。在进珠峰大本营之前买了门票，每人180元，5个人外加一辆小车400元，1300元瞬间就被收走了。下午14:00过后，我们在一个叫鲁鲁的边防公安检查站被拦下，所有人员都得下车去检查站核对身份证件。在狭小的检查站内排着两条长长的队伍，每个人都拿出身份证和边防通行证交于一脸严肃的武警士兵，验证后我们被放行。

▲ 定日县珠峰拱门

　　重新走回车上，太阳火辣辣地照在脸上有些疼痛，高原阳光此刻显现了它的威力。过了检查站，我们算是真正进入珠峰边境地区，而山路越来越陡峭，甚至有一段盘山公路，据说先前这段路十分危险，而经过改建已经好了许多。海拔在一点点升高，四周没有了任何的植被，只有凶险的山路和冰冻的山地，云涛用海拔测量仪看了下海拔高度，我们的车已在不知不觉中到达了海拔 5000 米以上。虽然之前我们曾途径海拔 5000 米的米拉山口，但此处的 5000 米与米拉山口完全不是一个概念，在米拉山口不过是一个短暂停留，而在此则是需要长时间滞留在海拔 5000 米以上，更有些肃杀的气氛，海拔越来越高，山路上弥漫了不少云雾，又下起了淅沥的雨。但不知为何，在这样一个让人有些气短的地方却勃发了我驾车的强烈念头，我又坐上了司机的座位，看着前方湿漉漉的路面，我松开刹车，一路向前朝着珠峰大本营驶去。不一会儿，车就到了绒布寺前的检查站，检查站小屋空无一人，而那根栏杆横亘在我们的车前，让我们无法通过。于是，我们只能坐在车上耐心等待。在等待的当口,看见一位穿着雨披的年轻人正艰难地朝检查站方向骑车而来,并也在我们的车旁停车等待通行。于是,就与他闲聊了起来,这位年轻人是深圳某大学学生,利用暑假从深圳骑车来西藏,也将前往珠峰大本营。他已经在路上骑了一个多月了,听了他的话,我们肃然起敬。从深圳到西藏真可谓千山万水,不要说骑车,就是驾车也够让人崇拜了,况且是孤身一人。看着他头上冒着热气,而气温又是那么低,连忙让他小心别着凉。拦着的横杆终于升起了,我们给了那位年轻人一瓶矿泉水与之告别。

过绒布寺向前行驶了数公里之后,终于看到了珠峰大本营密密麻麻的帐篷,数十个帐篷围成了一个U字型的帐篷城。有人从帐篷中探出头来招呼我们住宿,我们并不急于落单,而是开着车慢慢转悠寻找。在帐篷城中段,我们进入了一家旅馆,当家人是一对夫妻,帐篷的四周是大通铺,床铺上有不少的行李,也有一两个旅客坐在床铺上,帐篷中间有一个火炉,火炉散发的热量挡住了严寒。老板热情地招呼我们住在他家,一个人一晚80元,饭食另计。我们觉得房间凌乱、味重,有些犹豫,决定去旁边几家看看。外面下着雨,天又冷,其他各家也都大同小异,

▲ 珠峰大本营帐篷

▲ 珠峰大本营碑

于是又回到原先的那家，老板看出我们对大通铺有些不习惯，就说里面还有一间小间，可以让我们单独住，走进里间一看，虽然这儿的帐篷低矮，东西堆放也不整齐，但毕竟是独立的空间，就决定留宿他家了。

  放下行李，人感觉踏实了许多，雨已经停了，空气有些湿润，所以呼吸还算顺畅，只是人稍稍有些眩晕的感觉。此时，没有吃午饭的我们都有些饥饿，让老板夫妻给我们做饭，当那位老板娘端来满满的一盆香肠炒饭时，我们竟然都有些急不可待。这儿的饭食并不太好吃，但在这海拔五千多米的山上，也不会有太大的奢想，完成任务般地勉强吃了个半饱就出门去珠峰观景台。从帐篷营地到观景台还得走一两公里的路，平日里这点路随便一走就到，但在这海拔五千多米高的地方，每走一步都有些气喘。当听说有中巴可以驳运到珠峰观景台时，我们立即去营地外一个空地上排队等候，几辆中巴车在来来回回地运送去观景台的客人，20元一人的车费，上车交钱，人坐满即发车。

不过三五分钟，中巴在崎岖的山路上一阵急驶之后就到了珠峰观景台，观景台是在一个巨大的山口处用大石头堆积成的高大平台，站在这儿可以从山口一直远观十多公里外的珠峰。不过此时珠峰的大半个身子被云雾掩盖了，无法看到珠峰的真身。但尽管如此，仍有不少游客对着珠峰大声叫嚷，那种欣喜和欢快溢于言表。我在珠峰前也留了不少影，特别是在那块有中英文书写着"珠穆朗玛大本营5200米"的石碑前与同伴们留下了合影。天色渐晚，其他的游客都已陆续地离去，我们也准备回帐篷旅馆。在排队候车时，看见旁边有一辆武警的车，车上和车下都有武警战士的身影，其中有一武警战士还呵责走远的游客回来，原来这儿离中尼边境线不远，我们的一举一动都在武警的监视之下。

回到出发时的空地，在那儿慢慢转悠，那儿的游客不少，不知谁突然叫了起来，原来是珠峰露脸了，先前还被浓雾笼罩的珠峰露出了它阳刚的身躯，钻石般的尖顶直指蓝天。尔后，一道粉红色的霞光映照在珠峰最尖顶的部分，让小小的三角形尖顶沐浴在一片温暖的粉红色中。传说中的"日照金山"就如此真实地出现在我们的眼帘之中，有些恍然如梦的感觉。但也就三五分钟，淡蓝色的天穹之下，那抹金色慢慢地消褪了，浓雾重新弥漫了珠峰全身。转瞬即逝的美景就是如此突兀，那份快速让人有些措手不及，好在就是这几分钟内，我拍了不少"日照金山"的照片，不然，还真不敢相信自己能与"日照金山"不期而遇。想起有朋友说过，到珠峰"看日照金山"，不仅要身体好，还要运气好，特别是老天的眷顾，是谁也无法争的。天渐渐暗了，而来珠峰投宿的游客越来越多，我们回到自己的帐篷内，突然发现本来稀疏的大通铺变得拥挤了，估计是在我们去看珠峰时新到了不少投宿的客人，而我们则庆幸有了一个独立的空间。不过在这个大通铺内，天南地北的人都有，围坐在一起想不聊天都难，聊了一会儿离身去帐篷外走走，帐篷外已是漆黑一片，不过有不少停在帐篷外的车打开了车灯，还有很多游客围着圈在车灯下跳起了锅庄舞，伴奏的音乐就来自车上的音响。这些跳舞的人以女生居多，而且其中有不少上了年纪的大妈。我对于这些能在海拔5200米高原上跳舞的人真心叹服，不知他们哪来的能量，可以安然应对高原反应。

我们走出帐篷营地，来到公路上，公路上漆黑一片，云涛建议沿着公路随意走走，如果有可能还想去绒布寺看看。我有些胆怯，看大家都是一副饶有兴趣的样子只能跟随,于是四人打开手机照明,摸黑走在路上。公路上除了几辆从远处驶来去帐篷营地投宿的汽车以外,再也看不到任何生物,走在这样空旷的高原公路上,虽没有太大的高原反应,但脚步多少还有些沉重,人的反应似乎特别迟钝,特别是对面有汽车过来时,光灯照在脸上照得人一脸茫然。走着走着,越来越没有尽头的感觉,去绒布寺的信心也越来越小。于是决定打道回府,而且不想再多走一步,云涛打电话把留在帐篷中睡觉的丹增叫来,五分钟后,丹增驾车将我们拉回帐篷。此时,帐篷中的其他旅客都已入睡,我们轻手轻脚地回到后面专供我们所用的那个帐篷中,我们每人一个绿色睡袋,四人一字排开,我在最外一侧。脱掉外衣钻入睡袋,没有寒冷的感觉,但有些气息不畅,加上从帐篷各处散发出的一些酸霉味,让人很难入睡,看看四周同伴也是如此辗转反侧。我有些高原反应,每隔三五分钟总会咳上几下,尽管如此,我还是努力让自己入睡,至少让自己可以好好休息。

▼ 珠峰"日照金山"

就这样在半梦半醒的迷糊中熬到了凌晨五点,五点过后,同伴们也陆续起床。

起床后收拾行李,特别是那个睡袋,把它放入行李箱,如果没有这个睡袋,昨晚还不知会有多么难熬。在大帐篷里,我们吃了一碗方便面,由于高原的缘故,方便面没有泡熟,加上昨晚没有睡好,觉得饭食一点都不香。离开前和帐篷老板夫妇结账,四人房费加昨晚的炒饭和今晨的泡面不过四百多元,委实不贵。走出帐篷,帐篷营外一片安静,好多人可能还沉浸在高原的梦乡里。有些人昨晚很晚到营地,没有看到"日照金山"的画面,今天一早下雨,稍后能不能看到还得看运气了。

车驶出营地,丹增一路疾驶,把车开得飞快。从5200米的帐篷营地一口气往下开,也许确实因为高原的缘故,我们的神态完全是随着海拔高度下降而变化,从5200米到5000米,又从5000米到4500米,先前在珠峰大本营萎靡不振的状态一扫而空,聊天说话也来劲了许多。两个多小时后到达4000米时,状态已经回归正常。看到路旁出现了小饭店,大家都感觉有些饥饿,就停车吃饭。这家又是四川人开的餐馆,虽然不过是些麻婆豆腐、回锅肉等家常菜,但比起在珠峰大本营简陋的饭食,这里有奢华的感觉了,我们要了不少啤酒,在这儿边吃边与餐馆老板聊天。他们从四川过来,从银行贷了不少款在这儿开了餐馆,但生意并不是太好,眼看旺季就要过去了,很担心未来生意如何。吃完饭一结账,才两百多元,感觉得了不少的便宜。

继续上路就有些轻车熟路的感觉,很快驶离了定日县。因为区间限速的原

因，我们不得不放慢速度，甚至离检查站不远的地方干脆把车停在路边消磨时间。路途中，我们在路边见到了一大片油菜花，那片油菜花从公路边一直延伸至远方的山峦处，可能至少有上千亩。这是我们在西藏看见面积最大的一片油菜花，那一望无际的油菜花在明媚的阳光下泛起一片金黄色，而且伴有阵阵油菜花的清香。我们决定停车观花，还未等丹增把车停稳，我们已跳下车来，跑进油菜花地，各自寻找最好的风景拍照，不一会儿，四五个人都消失在这片油菜花之中。八月的

▼ 318 国道旁的油菜花之一

▲ 318 国道旁的油菜花之二

　　西藏油菜花宛如江南四月的油菜花，正是最为茂盛的时节，金黄色的油菜花在微风的轻拂下，闪动着迷人的色彩，如果只看眼前的油菜花，真的没法相信这里是海拔 4000 米之上的高原，不过一定说有什么差别的话，那便是油菜花后面的山上少了江南的绿色树木，那些坚硬如磐石的山岩，在高原的旷野里看上去是那么的粗犷和伟岸。不过让我们真正感觉与江南不同的还是这儿的气温，在油菜花田地里待了不大一会儿，就感觉寒意逼人，这儿的气温在 10℃以下，穿着冲锋衣仍觉得有寒气袭来。

　　我们重新驾车上路，回到日喀则刚过下午 16:00，太阳还高高地挂在天空，热辣的太阳照在人的身上又有些燥热，恨不得脱掉身上全部厚重的衣服。扎什伦布寺是此次进藏的最后一站，扎什伦布寺意为"吉祥须弥寺"，位于日喀则尼色日山山脚下。它与拉萨的甘丹寺、色拉寺、哲蚌寺合称为藏传佛教的格鲁派四大寺；与青海的塔尔寺和甘肃的拉卜楞寺并列为格鲁派六大寺。在扎什伦布寺门前，我们花 200

元请了一位导游,由他来一路讲解扎什伦布寺的前世今生。进门后导游特意让我们走扎什伦布寺偏左一侧的通道,这样可以不走回头路,同时免与其他走主通道的众多游客相撞。果然,这条通道略显幽静,走在红色为主的建筑群内,一种肃穆迎面而来。扎什伦布寺依山坡而建,背靠高山峻岭,坐北朝南,佛宇殿堂依次升高。在蓝天白云之下,红色建筑特别醒目,走在各庙堂窄小的通道内不时与身穿红色僧袍的僧侣擦肩而过。

在扎什伦布寺内,最为尊贵的当属五世至九世班禅合葬灵塔"东陵扎什南捷"殿。塔殿建筑面积为1937平方米,高33.17米,其中灵塔高度为11.52米,塔身镏金以银皮包裹,雕饰华美,造型庄严。灵塔的宝瓶内用五个檀香木盒分装五世至九世班禅遗骨,灵塔正中安放着九世班禅确吉尼玛的铜像。而当年十世班禅就是因为建造这个"扎什南捷"灵塔操劳过度而不幸圆寂,如今,纪念十世班禅额尔德尼确吉坚赞大师的灵塔殿"释颂南捷"就在"东陵扎什南捷"殿边上,也算是班禅从第五世到第十世灵塔的汇聚。走完这两个灵塔殿,我们在扎什伦布寺不知不觉中已过了两个多小时,告别了那位导游,我们准备离开扎什伦布寺,但云涛建议在扎什伦布寺门口四人

▲ 扎什伦布寺之一

扎什伦布寺之二

留个合影，也算是对西藏之行的一个完美收官，于是把相机交于一位陌生游客，拍下了在西藏的最后一张照片。

晚餐选在前晚来过的那家四川火锅店，因是在西藏的最后一餐，郑兄特意要了一瓶高度青稞白酒，但没有想到的是，这瓶看上去不错的青稞白酒喝到嘴里特别火辣，几乎难以下咽。我们喝了一点准备扔掉，但丹增觉得扔掉有点浪费，于是由他一人独自喝下。这一餐我们喝了不少啤酒，喝完酒玩兴不减，决定去火锅店旁边的 KTV 继续喝酒唱歌。在 KTV 中我们继续喝了不少酒，但酒量最好的藏族汉子丹增却已倒在沙发上呼呼大睡，甚至无法叫醒，很显然是那瓶高度的青稞白酒把丹增"搞定"了，直到快午夜 12:00 我们准备离开时，他才从迷糊中醒来。

早晨 6:00 过后，手机闹钟把我叫醒，此时，天还漆黑一片，我们离开了酒店走在去往日喀则机场的路上。从日喀则市区去往日喀则和平机场有 40 多公里的路程，在 318 国道两侧不时可以看见湍急的河流，这些都是雅鲁藏布江的支流，雅鲁藏布江在这个地区有一个呈放射状的河网系统，给这个地区带来了充沛的水量和大片的河滩地。可能前几日下过雨，河水呈现泥沙的黄色，加之水流特别的湍急，看了让人有些心惊肉跳。

在候机楼前，我们与相处十天的司机丹增依依惜别，这位敦厚的藏族汉子良好的驾驶技术给我们留下了深刻印象，路途中也带给我们不少快乐。日喀则机场很小，虽然没有几个航班，但因为小而显得忙碌。9:00 过后，我们的航班准时起飞，透过机舱舷窗可以看见那条世界上最高的大河雅鲁藏布江以及缠绕着它的无数支流，这片奔腾的高原水系孕育了藏南的粮仓，也让高原厚重的土地有了一些灵气。观景的兴致很快被空姐打断，身穿藏式服饰的西藏航空公司空姐送来了早餐服务，可口的饭食让没有用过早餐的我们得到了美食享受。飞机平稳地飞过了拉萨，沿着当年著名的"驼峰航线"向着成都飞去。蓝天白云下，横断山脉出现在眼前，山体郁郁葱葱，山谷间依次流淌着怒江、澜沧江、金沙江。在中午 11:30，飞机安全抵达成都双流机场，西藏——地球第三极的完美之旅从梦想变成了现实。

西藏小贴士

1. 进藏的最佳时间为每年的七八月份。进藏的方式一般有三种：一是公路，走川藏线、滇藏线或青藏线，这种方式路途时间较长，特别是川藏线和滇藏线，需一周左右；二是铁路，铁路只能走青藏线，始发地可以选择西宁或"北上广"等大城市；三是飞机，可经成都飞往拉萨或林芝。

2. 高原反应是去西藏必须面对的难题，首先，避免剧烈运动是减轻高原反应的一个基本要求。其次，高原反应还与海拔高度有关，海拔越高，人的反应越强烈。如果高原反应特别强烈的人，可以先进入低海拔地区，如林芝地区（海拔高度在3000米左右），然后再一路向上，也可以坐火车进藏，有个逐步适应的过程。此外，高原反应还与季节有关，夏天因为植被茂盛，相对空气中的含氧量较高，因此人的高原反应就会弱些。

3. 在高原上要尽量避免饮酒，特别是到达高原的首日。在适应了高原反应之后，可视身体情况适量地饮用一点低度酒，但千万不能过量，不宜饮用烈性白酒。

4. 西藏的住宿和餐饮条件完全能满足一般的需求，住宿从最高档的五星级酒店到经济型酒店应有尽有，餐食也汇聚了以川菜为主的各地的美食。

5. 西藏各景点的门票价格不菲，全部都游玩的话价格会高达上千元。如果不是土豪，可以放弃部分非重点景点，如巴松措湖（它与羊卓雍措湖、纳木措湖相比，景色和知名度都差一个档次）。布达拉宫的门票尽可能在网上预定，临时购买的话一是难以买到，二是价格奇贵。

6. 去珠峰大本营宜在当地住宿一晚，从日喀则当天来回的话会在路上耗费大量时间，舟车劳顿之下体会不到看珠峰的兴致。但在大本营过夜，要做好住宿条件极差和高原反应的双重考验。

北极篇

朗伊尔城

我从南方过来
南方是你的南方
北方却不是我的北方
我知道世上所有的城市
都是你的南方
都在你向南的注视中
完成了向北的洗礼
世上没有一片相同的叶子
世上没有一个相同的城市
北冰洋的风雪、暖流和极昼

让一个最北的城市
有了生命的能量和尊严
在朗伊尔城的白昼里
感受生命和生活
感受自然的伟岸与坚毅
如果我是一条狼
我很难活得像条狗
朗伊尔的冰雪
朗伊尔的情怀
铸就生活的简洁明了

引子

北极是我的地球三极行程中动机最强烈、计划时间最长的一极,在完成南极和西藏游之后,我就开始积极筹划北极之行,从酝酿到成行前后经历了一年多时间。在成行前的一个多月内,我先后完成了北极邮轮行程预定、确认、挪威签证办理、预定机票和酒店等一长串繁杂的事项,最后终于在 2017 年 8 月 8 日,一个带有大吉大利色彩的日子从浦东机场启程出发。有了北极之行,我的地球三年三极的夙愿总算能够圆满了。而此次的北极之行较之前两极更多了些周折,每个周折都让行程充满了不确定性,好在最后都有惊无险,得以顺利达成目标。以下的北极旅行日记都是我在此次北极行中利用旅行间隙在第一时间写下的,因而都是真实而鲜活的,如果有读者读了我的游记而去北极,那会让我感到无比欣慰。

上海—迪拜—奥斯陆(2017 年 8 月 8～9 日)

8 日晚上 20:00 过后,同行的徐兄来我家接我一同前往浦东机场。刚上车,一场暴雨就不期而至,瓢泼大雨加电闪雷鸣模式一直持续到机场,尽管雨刮器调至最大,窗外仍是混沌一片。傍晚时,电视台已发布上海因雷雨延误和取消了当日 50% 航班的消息。

到达机场后开始排队办理登机手续,在排了一个考验耐心的长队之后,我拿到了一张机舱尾部靠走道座位的登机牌,来到位于底层的候机

▲ 北极斯瓦尔巴旅行图

大厅看到整个大厅人山人海,一个下午的雷雨天气延误了不少航班,而晚上的暴雨更是雪上加霜,使得候机大厅人满为患,有些人竟然席地而卧。很快从广播中得知我们的航班也被延误,没有太多抱怨,唯一担心的是因为延误可能会导致赶不上从迪拜至奥斯陆的航班。

9 日凌晨,广播通知可以登机了,数辆大巴载着几百位旅客来到了停机坪上那架阿联酋航空公司的空客巨无霸 A380 前,夜幕下的机身显得特别庞大,从舷梯登上飞机时对大机身的深刻体验比从廊桥上登机都来得更为强烈。进入机舱,走过长长的过道,找到位于机舱后部的座位,看了一眼机舱内饰,感觉同为世界一流的航空公司,阿联酋航空不如卡塔尔航空大气雅致,卡塔尔航空的紫色标志色比之阿联酋的黄绿色更为明亮温馨。

坐上飞机,思想一刻不曾停止,世上没有最完美的旅程,只有最向往的旅程,我带着朝圣的心情开启了地球三年三极的收官之作。没有最远,只有更远,20 小时的空中飞行,虽然路途迢远,但心甘情愿,只祈愿一切顺利,能及时赶上赴奥斯陆的航班,成全我的梦想。

飞机在凌晨 2:00 起飞,此时已经睡意蒙眬,小睡不久又被送晚餐的服务叫醒了,要了一瓶白葡萄酒,佐以并不可口的菜肴,匆匆打发了晚餐,然后继续睡觉。经济舱的座位远不如公务舱来得舒适,盘起双腿,卷曲在座位上,但睡意来袭也就全然不顾,迷迷糊糊中睡了好几个小时,直到被送餐的声音再次吵醒。也不知道是属于早餐还是午餐,只要了面包和一盒水果外加一杯果汁,就了结了这一餐。看了看航行实时显示,到达迪拜的时间是早晨 6:30,与我们转机的航班间隔时间不到 1 小时。由于担心赶不上转机,想请空姐帮我们换个离机舱出口近的座位,空姐回复今天的航班全满,无空位可坐,并告之迪拜地勤人员会有接送转机服务,听罢便不再吱声,静观飞机飞往迪拜。此时飞机已在印度洋上空飞翔,舷窗外露出黎明的曙光,光从东边照射过来,飞机向西而飞,感觉光追着飞机在动,在长长的一个多小时内,光与飞机保持着相同距离,似乎黎明的状态长时间被固化了。但飞机进入了波斯湾后，阳光终于追上了飞机，天大亮了，炽烈的阳光透过窗户射入，新的一天就此开始。

在北京时间上午10:30，迪拜时间早晨6:30，飞机降落在迪拜机场，出了飞机廊桥，果然看见一位全身裹着黑纱的阿联酋航空女地勤人员举着牌子在接机，除了前往奥斯陆的客人，她还接转机到卡萨布兰卡和其他中东城市的客人，我们十来个客人紧跟着这位举着牌子的地勤人员穿行在迪拜机场大楼内，迪拜机场候机大厅看起来有些老旧，与多哈国际机场无法相比，而且远不如多哈机场国际化元素多。最为要命的是，去往奥斯陆的航班在C楼，而我们所在的A楼与C楼并不连通，要坐大巴或地铁摆渡才能到，而那位地勤人员把我们一队人马领到一部电梯口后就消失了。我们花费了不少周折，一路跌跌撞撞才算赶上了前往奥斯陆的飞机。

从迪拜起飞后飞机先越过波斯湾进入伊朗领空，然后折向西北，窗下是大片沙漠。起飞后约1小时，飞机开始供应餐食，也搞不清算哪一个时段的饭。饭食依然是西式，绝对不适合"中国胃"，但将就着吃一点以免挨饿。数小时后，飞机飞越高加索地区，从里海与黑海之间进入俄罗斯，并擦着莫斯科、明斯克等城市一路向西北的波罗的海飞去。快进入波罗的海时，飞机开始供应最后一餐，主菜是牛肉土豆，虽然也算可口，但西餐做法已经让"中国胃"强烈排斥，同伴徐兄拿出来一碗红烧鸡爪和卤烧酱蛋，顿时两眼放光，向空姐要来两罐啤酒，开启了幸福的小酌模式，直到飞机快到奥斯陆机场，才结束大快朵颐的美食。

终于在当地时间中午12:45，飞机降落到奥斯陆国际机场，奥斯陆虽为一国首都，但机场显然不大，看建筑规模还不及中国的省城机场。但挪威全国人口只有五百多万，奥斯陆人口不过六十多万，大而无当的东西不是西方人的特点。出关时排满长队，我们既不是挪威国民又非欧盟成员国的旅客，自然要排的队更长。好在利用机场工作人员新开一窗口的机会快速通过了通关审查，来到行李大厅取托运的行李。我的行李很快拿到，但徐兄的一件行李却怎么也无法找到，通过机场人员询问，被告知行李落在了迪拜，要第二天才能到，当处理此事的航空公司机场人员了解到我们第二天要从奥斯陆去斯瓦尔群岛的朗伊尔城时，便开了一个领取行李证明，让我们明天上飞机前到机场信息中心去取，一场看上去让人有些头大的危机算是顺利解决了。

奥斯陆的一晚两天（2017年8月9~10日）

推着行李车走出机场行李大厅，看不见任何机场人员核对行李单，也不见有人盘问是否携带违禁食品，突然后悔少带了几份中国熟食，这些美味食物在吃腻西餐后可以充当"开胃神器"，抵御西餐的不适。走在机场到达大厅有些茫然，陌生之地加上缺觉，思路有些迟钝。看见换钱处，便先换了200欧元，并为徐兄换了300美元。200欧元在扣掉了50克朗的手续费后，实得1700克朗，感觉有了些小钱，心里也踏实了许多。奥斯陆机场规模虽小但不失小巧精致，而且所有的功能性设施一应俱全，走在到达大厅，抬眼望去，所有的标识清清楚楚。下一步是购买去奥斯陆城区的火车票，看着别人在自动售票机上的娴熟操作，不免有些底气不足，便央求站在一旁的工作人员帮忙操作，那位穿制服的工作人员一口应承，很快3张去奥斯陆中央火车站的票就到手了，每张93克朗的票价比预想要便宜。

离购票地方不远处有一个通道门，从这儿下二十多个台阶看到火车

▲ 奥斯陆市政厅

站台一字排开，来往的火车一目了然，在一条候车人较多的站台又询问了一位当地人，得到肯定答复之后便在此安心候车。也不过三五分钟，一列红色线条的火车进站，上车后发现车厢高大宽敞，座位随处可寻。不一会儿一位穿着红色制服的铁路人员逐个验票，好多当地人都带着类似上海地铁一卡通的交通卡，而我们是一张薄薄的纸片，经他的验票器一照就算过关了。我们选择坐火车去奥斯陆除了为省钱，还有就是体验当地百姓的交通工具，坐在这样的火车里，旅行的味道是实实在在的。果然，有不少的奥斯陆人带着友善与好奇的目光看着我们，我们也报以微笑与他们进行眼神的交流。二十多分钟后，火车到达奥斯陆中央火车站，此时天却下起了雨，而且雨很大，我便提议在中央火车站的商场中找个地方躲一下雨。

  中央火车站是一个混合了车站与商城的庞大建筑群，其中各类商店、银行等服务机构林立，人流密集。在一家咖啡馆，我们要了一杯咖啡和一大杯可乐，花费了 70 克朗。但在耗去了近一个小时的时间后，却一点不见雨停的样子，同伴徐兄建议冒雨前行，于是打开手机导航，带着笨重的行李在大雨中蹒跚前行。虽然打着伞，但雨大加之行李很重，全身被雨淋湿了不少，因而有些微冷。好在离开之前咨询过一位中国人，所以方向一点都没错误，沿着步行街走了不到十分钟，在步行街一侧找到了在网上预定的连锁酒店，但在酒店前台却被告知没有查到预定的记录，此时心里一阵紧张，连忙与国内订票网络公司联系，折腾了近一个小时才总算可以入住休息。因下雨出门不便，找出从国内带来的茅台酒和花生米，配上飞机上留下的鸡翅与卤蛋，我们在雨天喝起了小酒。喝完酒，再用自带的电热水壶煮上一锅手工拉面，那感觉实在好之又好，"中国胃"在到挪威首日便被照顾到位。用过晚餐，有些倦意来袭，洗完热水澡之后便倒头就睡。

  可能因时差的缘故，凌晨 3:00 过后就醒了，此时天早已大亮，但醒来之后继续睡，5:00 之后又醒了，便躺在床上写旅行日记。过了 7:00，起床洗漱后，独自一人出门去城区闲逛。出酒店左拐就是奥斯陆商业步行街，但此时行人稀少，气温很低，穿着厚厚的外套仍有些寒冷。不远处就是奥斯陆最负盛名的大教堂，这是挪威国教——新教路德宗奥斯陆教区的主教堂，建于 1694 年，花了一个世纪才建成。教堂除了主建筑钟楼雄伟壮观以外，它的圆形裙房也很漂亮独特。在教堂门口遇到了一个坐在地上的像是流浪汉的人在用面包与一大群鸽子逗乐，鸽子在他手

▲ 奥斯陆大教堂之一

▼ 奥斯陆大教堂之二

上、身上和头顶不断地飞上飞下。我拿出手机拍了起来，此君见此并不介意，反而掏出自己的手机让我帮他拍几张，还问我是不是会把照片发到脸书网上。我拿过手机一看，居然是华为手机，便告诉他我是中国人，他报以微笑。离开教堂，我沿步行街一路向前，步行街两边大多是酒吧、饭馆和品牌店，但早晨都是大门紧闭。先前来时还是乌云密布的天空，此时已是云开日出，在蓝天白云的映照下，奥斯陆的古老建筑都焕发出特有的魅力，而四处绽放的鲜花也将城市变成了一个优雅、精致的花园。不知不觉中来到了奥斯陆大学，拦下一位看上去像是大学教职人员的行人询问，那位一脸斯文的奥斯陆人告诉我这里是奥斯陆大学老校区，现在仅剩一个法学院，新校区已搬到奥斯陆城外很远的地方。离法学院不远处有一个小坡，小坡上有一幢像是宫殿般的古老的建筑，建筑的前方有一广场，广场中央有一尊高大的铜雕塑像。我一眼就看出这里是奥斯陆老皇宫，因为在起床前阅读奥斯陆城市介绍时看到过这幢气势恢宏的建筑图片。我在皇宫前的广场上拍了几张照片后回宾馆用早餐，早餐在一楼，徐兄放在餐厅门口餐桌上的食物一个转身居然被不远处的鸽子飞来叼走了，那些鸽子一点都不怕人，人只要稍微不注意，餐桌上的食物就会成为它们口中的美食。

▲ 奥斯陆老皇宫

  用完早餐后与徐兄再去奥斯陆城区闲逛，此次目的地为诺贝尔和平中心。循着手机地图来到与奥斯陆市政厅一街之隔的诺贝尔和平中心，和平中心位于海滨，是一幢二层楼高带旅馆的八字型建筑，门口一幅巨大的宣传画很发人深思，一支笔和一支步枪连在一起，连接处有一个90°角的折弯，也许喻意化干戈为和平的意思，在这里能看到所有诺贝尔和平奖得主的纪念铭牌和照片。离开时，我在小卖部购买了一套毕加索和平鸽冰箱贴，八幅小小的和平鸽画面作品生动有趣，250克朗的价格虽然略贵，但就是买个喜欢。

  离开和平中心后沿海滨大道来到奥斯陆船帆中心，奥斯陆船帆中心的建筑造型就像一艘挂满帆的帆船，很有气势。走走看看之后陪着徐兄同去老皇宫，此时老皇宫门前已经游人如织，天气又有些炎热，在老皇宫的前门和后门，有不少的游客站在戴着黑色高帽、穿着黑色厚厚制服的卫兵边上拍照。不管有多少人，那个帅帅的卫兵小哥总带着微笑，摆出造型配合游客任意拍照。

　　下午 14:00，在酒店整理好行李，把大件行李存放在酒店大堂，然后去步行街用午餐，在最热闹的步行街中段选了一家露天餐厅，要了一大盆烤鸡翅、一大盆薯条、三杯啤酒和饮料，花费了约 500 克朗。用完午餐去酒店取回行李后直奔奥斯陆中央火车站，每人花费了 80 多克朗购买了去机场的火车票，二十多分钟后我们就到了机场。在机场信息中心领取了昨天遗漏在迪拜的行李，来到二楼出发大厅准备候机。但不知道什么情况，整个机场突然响起尖锐的警报声，广播要求所有人离开候机大厅去往外面广场。起身询问机场人员，被一脸严肃的机场人员要求立刻离开大厅。推着沉重的行李来到一路之隔的广场上，看着对面空无一人的机场大楼"一头雾水"。十几分种后，广播通知，可以重回候机大厅了，站在广场里的所有旅客和机场工作人员像潮水般涌往大厅。我们在候机大厅内与从国内来的北极旅游团汇合了，去往朗伊尔城乘坐"北极星号"邮轮的北极旅游团有八十多位中国旅客，我们是其中仅有的三位自由行旅客。晚上 9:30，飞往挪威海外领地斯瓦尔巴首府朗伊尔城的北欧航空公司飞机准时起飞，北极之行真正开始了。

初到朗伊尔城（2017 年 8 月 11 日）

　　飞机在降落朗伊尔机场之前，一直有落日伴随着，落日的光亮并不耀眼，但一条长长的光带落在厚厚的云层之上带来些许温馨。午夜时分，飞机开始广播，告知飞机将开始下降并准备降落朗伊尔城。飞机穿过云层，暗灰色的海水呈现在眼前，飞机贴着海面冲向机场跑道。这一刻让我想起去南极时飞机降落阿根廷世界最南端城市乌斯怀亚机场时的景象，只是现在是在世界最北端的朗伊尔城。

　　飞机停在了停机坪上，走出机舱的一瞬没有出现想象中的严寒，站在舷梯上环顾四周，荒凉而又冷峻，远处的山上都有积雪，让人不敢相信此时是一年中最温暖的夏天。来到行李托运处，此地人头攒动，一百多位旅客中有八十多位中国人，因而全被"中国声音"淹没。趁等待行

▲ 朗伊尔城极地旅馆

李的空隙,走出机场大楼来到海边拍日出。北极在极昼时段,日落和日出仅间隔1小时左右,此时不知道是拍日出还是日落。回到机场大楼,行李已经运送出来,我拿到了箱子并跟随人流去坐大巴。

　　大巴出发,沿着海湾向酒店驶去,此时天色灰暗,窗外阴冷荒漠一片,四周的山上除了浅绿的苔藓以外再也不见任何植物。路边荒漠中散落着一幢幢彩色的房屋,给午夜时分的荒漠增添了几分亮色。也不过十来分钟,大巴到了一幢红色的三层楼房前停下了,这里是今晚投宿的旅馆。进入楼内,发现这幢外观并不显眼的建筑却是一个设施条件相当了得的极地专业酒店。我被独自安排在一个小小的单人房,入门处较为宽敞,到了前面收窄到只有一个窗户的宽度,过道一边是一张床,另一边是桌子,窗下有一个沙发,房间虽小一应俱全,而且非常干净。看了挂在墙上的介绍才知这是一个建造于1947年的老牌酒店,最初不过是矿业公司为没有家室的员工建造的团屋,后慢慢地改建为酒店。酒店有个非常奇特的规定,即所有人在进口大厅处须脱下自己的鞋换上拖鞋或直接穿着袜子,即使走到二楼的商场和餐厅也是如此,这种规定的好处是给酒店卫生保洁带来了方便，而且客人也感觉放松。

虽然已经是午夜时分，但窗外还是白昼一片，找不到一丝夜的痕迹，极昼的体验就这么直白地呈现在眼前了。此时，人的睡意一点都不浓重，感觉"三差"汇聚了："时差"（与上海有6小时的时差）、"日差"（黑夜变成了白昼）、"季节差"（夏天变成了冬天）。"两差"常见，"三差"同时出现就比较难得了，也许从万里之远跑来就是要体验这种"三差"相汇的感受。凌晨2:00过后，准备洗澡睡觉，但水温不热，将就洗了澡，然后上床睡觉。床和奥斯陆酒店一样，都只有八九十厘米宽度，胖子肯定难以入睡，而我这个瘦子显然完全能够接受。柔软的席梦思床垫，柔软的被子，舒服得不是一点点，很快进入了在北极的第一个梦乡。

大约6:30左右，入睡时忘了关掉的那个袖珍音箱此时因电力不足而突然响起很大的提醒声，把我从梦中惊醒，重回床上再睡已经难以再入梦乡，勉强躺在床上熬到7:00过后，干脆起来洗漱、喝水。拉开窗帘，窗外山坡上已被阳光照亮，一个好天气显然是很能打动人的。在房间内磨蹭到9:00后去餐厅用早餐，走过一个小超市和简易酒吧，就是一个狭长的餐厅，餐厅一头是置放食物、饮料的餐台，另一头是两条长长的条桌一直延伸到前面的窗户。我挑选了一个靠窗的座位，这样可透过窗户玻璃看到海湾、山峦和散落在附近的彩色房子，坐在这样的景观前用餐实在是难得的享受。11:00退房后把行李送到酒店大堂，去二楼超市闲逛，买了一个有北极熊的冰箱贴和两张明星片寄回上海家里，共花费102克朗。然后，坐在超市旁边的沙发上休息，沙发宽大而又柔软，坐在那里可以有一个标准的"葛优躺"，这样一直坐到12:00，有人说可以到二楼餐厅吃午饭了，本不想去，但听说有三文鱼不错，就去到餐厅找了一个空位，很快服务员端来一盆奶油三文鱼，鱼做得非常鲜美，把所有的鱼肉一点不剩地全部吃完之后还在回味，很难相信这是远在北极地区做出来的美食。

下午，我们带上所有行李坐大巴去朗伊尔城观光。大巴第一站开到一个有北极熊标志牌的湖边，这是一个淡水湖，供整个朗伊尔城用水，冬天结冰时可破冰取水。湖边风很大，站了不久就冻得发抖，于是立即上车，在车上看见一旅游者从车旁走过，身上居然背着枪，这才想到在斯瓦尔巴群岛有约三千只北极熊，而朗伊尔城的常住人口不过两千多人,人遇见熊是常有的事,所以枪是用来防熊的。第二站为朗伊尔煤矿,此处留有朗伊尔人早年开发的矿产业,在高高的山坡上,运煤的栈道清晰可见,只是如今早已废弃,唯有那根高大的水泥烟囱还在使用,这是朗伊尔城发电厂的烟囱。第三站是朗伊尔城美术馆,美术馆展出的作品均为一位挪威画家的作品,他用画笔画出了斯瓦尔巴群岛的美丽风景和极昼、极夜现象。有几幅展现极夜的作品简洁到整个画面空蒙一片,让人印象深刻。

　　第四站为博物馆,博物馆的建筑造型十分独特,像是一架巨大的蝙蝠式轰炸机。走进博物馆,感觉所有的一切都小巧精致而整洁,里面的展物和文字代表着朗伊尔城的前世今生。美国人朗伊尔在1906年发现了朗伊尔城,挪威人1916年从朗伊尔手里买下朗伊尔城,而在1925年33国斯瓦尔巴协议后,包括朗伊尔城在内的斯瓦尔巴群岛正式纳入挪威的版图,朗伊尔城就成了斯瓦尔巴群岛的首府。上百年前,朗伊尔城的不同阶层人士居住在不同的地理位置:矿工住在山上矿区附近;管理人员住在半山之中,以便在矿工和矿主及市政领导之间沟通联系;城市主要领导居住在海边,管理整个城市和对外联系。但如今这一格局已经被打破,而且煤矿业也不再是朗伊尔城的主要产业。由于气候寒冷的原因,朗伊尔城有个奇特的法律,即在朗伊尔城的人没有出生和死亡的权力,孕妇和生病的老人必须在生产和死亡前离开朗伊尔城,这是全世界唯一有这样法律的城市。

　　参观好博物馆后便直奔码头登船,我们所要乘坐的"北极星号"邮轮就静泊在发电厂下面的码头。黑白相间的邮轮正在忙碌起航前的准备工作,我在三楼甲板上取了房卡,

▲ "北极星号"邮轮

来到221号房,房间很小,不超过5平方米,一个上下铺,床的宽度不到1米,另一侧有一个小桌一把椅子,几乎把通道占满了。此外,有独立卫生间和储物间,还有一个可以探视窗外海景的小圆窗,这个小圆窗在随后的几天中成了我抓拍美景的绝好位置。放置好所有行李后去各楼层观光了一下,二层全部为各类客舱,一层和三层有部分客舱,四层主要为公共活动空间,有餐厅、酒吧、会议室,前后甲板空间都非常小,小到待不了多少人。和南极豪华万吨级的"前进号"邮轮相比,一千多吨的"北极星号"邮轮略显寒酸,有些怅然。但继而一想,在未来1周内,这里就是行走北冰洋的诺亚方舟,不管喜不喜欢都得安心度过。邮轮在驶离码头前进行了一次救生演示,但我知道这属于纯粹的程序化,在寒冷的北极遇到船险基本是死路一条。5:00过后,邮轮平稳驶出朗伊尔城码头,北极邮轮之行就此开启。此时,海面波平浪静,阳光照在海面上泛起金黄色的波纹,北冰洋的海水也显得柔情无限。

霍恩湾(2017年8月12日)

从昨晚22:00不到开始一直睡到早晨8:00,若不是同伴敲门叫醒还能酣睡,看来船上的马达声不仅不会对我的睡眠造成影响,反而提高了睡眠质量。起床后,抬眼看到一座挂有冰雪的小山横亘在邮轮小小的圆

▲ 北冰洋上空的人字云

窗前,是那么突兀,这又让我一下想起了南极似曾相识的一幕。洗漱时发现放在圆窗平台上的洗漱包被水浸泡了,仔细一看,水是从圆窗的透气缝隙中进来的,可能是昨晚风急浪高,海水拍打窗户造成的。连忙拿出包内的洗漱用品放在木板上晾晒,一阵忙碌之后去餐厅用早餐,餐厅里人很少,随便取了点面包、蔬菜等食物,完成了船上的第一顿早餐。9:00之后来到前舱会议室,听取了当天活动说明。上午原本计划登陆,

套、围脖都用上了，穿戴严实后在三楼集合甲板套上了救生衣，此物与南极"前进号"上的救生衣相比，明显小了许多，但我知道此物同样是属于邮轮救生"老三篇"，所以穿上也就完事了。我跟着小组人员走向了靠在邮轮旁边的冲锋艇，因我是最后一个上艇的，艇两边的座位

都坐满了，工作人员就让我坐在艇首的位置，这倒是非常好的一个座位，可以四周环顾。游艇很快离开邮轮冲向海湾，这里是一个数平方公里的海湾，四周全是挂满冰川的山岩，山并不高大，但因有冰川而看上去特别的竣美。海面上不断地有浮冰出现，小的如桌子大小，大的如一幢房子。冰在海水中呈现渐渐溶化的样子，冰的外观看上去已经不是非常完整了。游艇行驶到海湾顶端时遇到了一长排冰墙，于是停下让我们拍照，这条长长的冰墙至少有数百米之长、十多米之高，墙面上的冰高低不平、犬牙交错，很是壮观，在光线折射下呈现出不一样的色彩，有的淡绿，有的乳白，有的透明，有的灰暗。虽然冰的颜色不一，但都呈现了一样的壮观和冷峻。在海上，风很大，特别是冲锋艇高速行驶时，有种刺骨的寒冷，如果不是全副装备，不知会冻成什么样。海湾上空不时有海鸥等飞鸟掠过，增添了海湾的活力。

也就半个多小时，游艇驶回邮轮，回到温暖的房间，喝上一

北极浮冰之二

杯热热的茶水，有些冻僵的身躯重新变得舒展了。广播通知 12:30 用午餐，午餐的菜肴实在一般，但冰鲜北极海虾很好吃，一口气吃掉二十多只虾仍不觉过瘾，打开那瓶茅台酒，继续喝上几口，那份惬意和轻松又提升了不少。喝完酒，拿来一碗米饭，泡上热水，上海泡饭配糖醋大蒜，那个熟悉的味道立刻在味蕾中体现了出来。酒足饭饱之后，眼看下午集合的时间快到了，便直接去了集合的会议室。下午的活动是有关冰川的专题讲座，由考察队的专家主讲，作为世界第三大冰川，斯瓦尔巴群岛冰川也是非常著名的，分布在斯瓦尔巴各个岛屿之中，覆盖了整个斯瓦尔巴 60% 以上的山地，但由于北极气温升高，冰川已经消退了许多。在听讲座的过程中，经不住瞌睡的诱惑，不知不觉中小迷糊了一会儿。

　　下午由于风大浪急，考察队取消了所有活动，改为坐邮轮巡游冰川。换掉准备下船的所有厚重衣裤，坐在餐厅里泡上一壶绿茶，等待冰川的出现。边喝茶边看着窗外的海浪，此时海浪并不汹涌，海面上不断有海鸟掠过，它们随着波浪起伏，在海上滑翔飞行。很难想象这些小鸟在寒冷的北冰洋是怎么生存的。广播里响起讲座即将开始的声音，连忙赶去会议室，找到一个空位落座。探险队副队长查理用图片在讲述

她在斯瓦尔巴的生活和探险故事,查理是个摄影高手,图片都非常生动和美丽,记录了她的生活点滴。其中她讲到,这里人们在极昼时祈祷漫长白天快点过去,而到了极夜时又希望白天快点到来。每年3月8日,对当地人来说就是一个"阳光节",小孩子要狂欢一周庆祝阳光

▼ 北极浮冰之三

的到来。查理还讲述了她与母亲一起在冰上宿夜的故事,在 -20℃ 的气温下搭起帐篷过夜,那种极致的生活在我们看来不可思议。查理是位有些剽悍的探险队副队长,但船舱内穿着薄衣的查理则有了几份小女生的妩媚。

听完讲座,我走到后甲板上,观望即将到来的冰川,此处冰川十分巨大,远远望去,冰川把一面山坡严严地封死了,阴霾天气里的冰川显得格外狰狞。此时,天空中阴雨密织,北风凛冽,吹在脸上特别疼痛,天空越来越阴沉,有些受不了室外的寒风,不得不回到船舱内。18:00过后,广播里响起晚餐的通知,这一晚不仅有正宗的西餐,船长还奉送了大家一杯香槟酒,而且恰逢同桌南京游客的生日,船方送来了生日蛋糕,我们也分享了他生日的快乐。吃罢晚餐,去会议室坐坐,正好遇到船上探险队俄罗斯籍队员梅瑞杨在一长沙发上看书,她见我们人多,准

▲ 北极冰川之一

▲ 北极冰川之二

备起身让座给我们，我让她继续坐着并问她在读什么书，她告诉我是一本专讲挪威著名猎人 Tommy Sandal 传奇生活的书。随后便开始聊天，从上海聊到俄罗斯符拉迪沃斯托克，一直聊到感觉英语单词快要用完的才回房间休息。透过小圆窗看着窗外起伏的波涛，略有一点担心，上床睡觉是免忧的最好办法，但上床之后又没有了睡意，可能是昨晚睡了太久，今天中午也午睡过的缘故，于是在床上听音乐、看书成了不错的选择。23:00 之后，浪越来越大，船身有些摇晃，再看窗外，巨浪一浪高过一浪。突然想起已经三晚没有看到黑夜的模样了，竟然有些想它，再看窗外，太阳虽然没有，但光亮依旧，而且浓浓的云层已经被风吹开了不少，天空中露出浅蓝色的光带。也许明天是个好天，那就可以登陆，可以拍出好照片了。本想等到 24:00 看看午夜时分的极昼景象，但有些困顿，还是睡觉舒坦。

贝尔湾（2017年8月13日）

早晨醒来，船继续行驶在峡湾中，看看时间尚早，就躺在床上写旅行笔记。由于天气原因，上午继续不能登陆，因而还是坐邮轮巡游一个冰川，同时在上午11:00时安排了一场关于北极极光的讲座，下午如天气状况允许登陆，会考察一个叫泰极熊小屋的景点，也许在那会儿会遇到北极熊。同时，考察队队长特别强调登陆后的注意事项，以及遇到北极熊时应该如何应对。

船到了巡游冰川的海湾，前方就是被冰川覆盖一半的山岩。据探险队员说，这儿以前是整座雪山，后来遇到雪崩，冰川慢慢消退，只留下现有的状况。此时，广播通知北极极光讲座马上开始，我连忙赶去参加。报告由探险队队员主讲，极光主要是由于太阳离子发生爆炸后能量传递到地球时与地球磁保护层发生摩擦而在地球两极之间产生的，在斯瓦尔

巴地区有三至四个月的极夜。人们可以看到的极光大部分为绿光,绿色主要是由氧原子形成,并与地面距离比较近,红色的极光也是由氧原子形成,但与地面距离比较远。有星星的日子可看到极光的概率较大,因

▼ 贝尔湾登陆

▲ 贝尔湾冰川

为在晴朗的日子里看极光是最好的机会。

　　午饭之后，小睡片刻，便开始登陆。登艇前，船方人员挨个登记姓名、房号，稍后回来时再重复记录，确保不丢失一个人。上岸后开始是大片的碎石荒漠，但走着走着，湿润的土地出现了，还可以看见大片的苔藓和一些细小的花草。随行的探险队员介绍说那些漂亮的花草是指南草，是世界上最北边的花草，因向南开放，所以叫指南草。另一种像花草一样非常细小的植物叫北极柳，是世界上最小的树种。山上向阳的一面有绿色苔藓，绿色苔藓越多的地方是鸟越喜欢筑巢的地方。突然，不远处出现了两只驯鹿,导游要大家不要发声,以免惊扰了它们,但驯鹿并没有按我们的意愿向我们走近,只是远远地朝山上走去。我们走上一个小坡,面前的冰川一览无余,在暗淡的云层之下,那些有数千年历史的冰川闪着幽暗的光泽,冰舌伸到了一个偌大的湖泊前,这湖泊也是冰川化掉的水形成的,湖面上不时出现飘浮的碎冰。探险队队长告知,这些冰川只是整个斯瓦尔巴冰川的很小一部分,是斯瓦尔巴冰川分支中的分支。两边山岩的表面有着深浅不一的颜色,浅色部分就是原先冰川覆盖的部分,因北极气温升高,冰川消退,裸露出浅色部分。在回邮轮前等候游艇的时候,突然看见山边有一只银色的北极狐,由于距离太远,在相机镜头中只见一团银色在峭壁上飞快地向上攀爬,速度之快让我几乎难以捕捉到它的身影,也就一瞬间便没了踪影!

▲ 贝尔湾苔藓草地

行走在贝尔湾荒漠中之一

▲ 行走在贝尔湾荒漠中之二

　　回到邮轮上，身体被风吹得有些僵冷，于是洗了个热水澡，感觉像是脱掉了件冰冷的衣服。晚餐的时间到了，那条巨大的冰川居然就在餐桌窗前，坐在冰川前喝酒、吃饭，那种静谧的感觉非常舒服。吃完饭，听说酒吧供应从冰川里取出来的千年老冰兑的洋酒，于是图个好奇去酒吧花了198克郎要了两小杯"XO白兰地"。那块用来兑酒的冰就放在吧台上，在灯光映照下散发出晶莹剔透的光泽。客人要酒或饮料时，酒吧侍者会用锥子敲下几块放入杯中。拿起一小块冰放入嘴里嚼一下，寒气从牙根冒出。喝完酒，没事可做，留在酒吧里喝茶、写游记，这种无所事事的日子实在是清闲而又难得。

　　从酒吧出来后来到甲板上，此时甲板上少有人影，而太阳不知道什么时候从云层中钻了出来，在甲板上洒下温暖的阳光，这是最好的拍照光线，我连忙用鱼眼镜头拍摄了一组构图奇特的邮轮照片，效果之好完全出乎我的意料。我从船尾一路拍到船头，直到冻得受不住才回船舱。正与同伴说着拍摄的体验，突然随着风浪的增大，船开始了左右摇晃，而且摇晃到人走路都有些困难，于是赶紧起身回房睡觉。到房间后，船身依然摇晃，还能听到海浪拍打船身的响声，犹豫着要不要吃点晕船药，想想既然躺在床上了，应无大碍。于是打消了吃药的念头，平静躺下，此时已是夜晚 23:00，只是天空光亮依旧。

▼ 掠过贝尔湾的海燕

▲ 冰川前的茅台酒

▲ 千年老冰兑 XO 酒

伊斯峡湾—斯凯森湾（2017 年 8 月 14 日）

　　早晨醒来，抬眼看窗外发现是个好天气，有阳光照射在窗户上。小圆窗外出现了一个高大山崖，几乎填满了小小圆窗空间。在高大的山崖下，有一幢极小的木屋，在这样一个荒凉的北极野外，看见这样一幢房子，好奇心油然而生。

　　9:00 的活动说明会准时开始了，今日上午将登陆对面山崖下的那片陆地，那儿有不少人类活动的遗迹。我所在的小组最后出发，所以出发前有时间可以在船上再逗留一会。站在甲板上看对面山崖，感觉像个古城堡，山峰错落有致，像城堡的垛口。山崖下的海水呈现出墨绿色，山崖的倒影落在水中，透着静谧。有不少的海鸥在山崖前的海上嬉戏，一幅美好而安宁的画面出现在这一个叫斯凯森的海湾中。

　　上得岸来，映入眼帘的是大片苔藓，从岸边一直延伸到山崖半山腰上，使得整座山崖充满了绿意。走在苔藓上，感觉非常柔和松软。山崖下留有不少人类活动的痕迹，那幢小房子是百多年前英国人在此探矿准备开发的一个基地,在此不远还有一个矿洞和一段百米长的铁轨,据说英国人在此处开发了1年有余,最后发现此矿不是理想矿源而不得不放弃。在海边的沙石滩上,还有一艘不大的木船,经过数十年的风雨沧桑,木船已经斑驳老旧,只剩一个木船架子,而包裹木船四周的铁皮也已锈蚀不堪,这片海滩可能就是这艘木船的最后归宿。四周有不少的山峰上都留有一些残雪,但少之又少,只能算是留下一点冰川的印痕,人类的活动对自然的破坏是显而易见的。也就一个多小时,我们已把这片海滩玩遍了,便提前回船了,那个驾驶游艇的挪威人为我们表演了一把游艇侧身高速行驶的技术,刺激而又有紧张,可惜时间太短,一个转身已驶回邮轮。

12:30准时开饭,今日中午最受欢迎的菜是

▲ 斯凯森湾之一

▼ 斯凯森湾之二

一道典型的中国汤,厨师用黄瓜、胡萝卜、香菜、粉丝做成一道有浓郁中国风味的汤,让多日没有吃到中国菜的游客们争相抢食,一大罐汤见底,又上来一罐,没有多久又被一抢而光。北极虾依然是非常受欢迎的菜,第三次吃北极虾还是能够保持很好的胃口,可见这些北极虾有多么鲜美。午饭时,船停泊在一片俄罗斯人开发过矿产的海岸前,岸上的房屋建筑不少,还有开发矿业的设备,想来这里一定有过兴旺的岁月。1925

年联合国划分北极领土时,虽然把整个斯瓦尔巴群岛的领土划给了挪威,但按照协议规定,签约国都有在斯瓦尔巴群岛从事商业活动的权利,而且俄罗斯也是最早开发此岛的国家之一,为照顾俄罗斯的利益,保留了俄罗斯人在此的各种投资经商权,因而俄罗斯人在岛上有不少矿产。但可能这儿的矿产量太低,俄罗斯人没经营多少年就放弃了,据说只剩下几人看管矿业资产。

▼ 贝尔湾岩石

午饭结束后，邮轮向诺顿斯冰川进发，按计划还要登陆，邮轮未行驶多久就开始下雨，行驶到诺顿斯冰川跟前时雨越下越大，登陆的计划被取消了，船就在诺斯顿冰川前慢慢漂移，只能在船上欣赏这片冰川。和昨天下午见到的冰川相似，这儿的冰川也是暗淡无光，甚至有些脏，与南极那些洁白晶莹的冰川不可同日而语。回到房间小睡了片刻，起来后一看，小圆窗正对诺顿斯冰川，连忙拿出手机拍摄冰川和云雾缭绕的山峰。从小小的圆窗中拍出的照片也是别有一番风味，特别是在耐心等待多时之后，终于抓到一张小鸟飞过窗口的镜头，那感觉真的有些酸爽。船下午沿着伊斯峡湾向朗伊尔城驶去，天空中又下起了雨，雨雾笼罩了两岸的山峰，洁白而又轻柔的白云在黝黑的山体中飘荡，宛若仙境，峡湾美丽的风光在此刻一览无余，坐船观峡湾的韵味就在此刻得到了最完美的演绎。看到这样美丽的峡湾风光，自然想到了挪威音乐家格里格的《彼尔金特》组曲中的那段《晨曲》音乐。听导游说，这片水道在冬天会被冰封住，通行时是使用雪地摩托，会比船快许多。

下午，坐在后甲板的酒吧里一路观看伊斯峡湾的风光，突然有人惊呼有网络信号了，打开手机一看果然如此，前几天所发的朋友圈图片被一百多条点赞和留言塞满。原来是朗伊尔城到了，几天没有与外界互通信息了，赶紧与家中联系，给家人报个平安。来朗伊尔城是给"北极星号"加水并补充一些船上生活资料，暂停两三个小时之后将继续下一站景点。站在后甲板上，看着岸上朗伊尔城那根高大的发电厂烟囱有些感慨，这是整个挪威唯一还在用煤发电的电厂。码头上车来车往，一派忙碌的景象，而我们无所事事，在船上坐等拔锚起航。

巴伦支堡（2017年8月14日）

数小时之后，船终于起航，又一次离开朗伊尔城，船出码头不远，朗伊尔机场出现在船的一侧，站在船甲板上，看着远处朗伊尔机场的建筑和停机坪上的飞机，像是看见一位熟悉的朋友。此时，太阳露出云层，给偌大的海面带来光影魅力，人们纷纷拿出相机抓拍这美好的时刻。可惜此处已远离了朗伊尔城，远离了网络信号，拍再好的照片也发不出微信朋友圈。晚上 22:00 过后，船停靠在巴伦支堡煤矿码头。码头上堆放了不少集装箱和码头运输设备，码头的规模看上去与朗伊尔城的码头差不多。从码头上岸要走上很长、很陡的一段木台阶，但这样的木台阶也给巴伦支堡带来了非同寻常的历史和人文的沧桑感。巴伦支堡是俄罗斯人在斯瓦尔巴地区拥有煤炭产业的基地，1931 年前苏联买下此地经营煤炭业，年产量为 12 万吨煤，70% 卖给英国，自用 30%。现在巴伦支堡大约有四百多位俄罗斯人，除了煤矿，这里还有酒店、餐馆、酒吧、学校、邮局、办公楼、游泳馆、剧场，是一个具有城市功能的小社会。在小城区主街道尽头有一个列宁雕像，雕像后面房屋墙上有巨大的标语，上书俄文"共产主义万岁"，当天正好是前苏联共产党成立 100 周年纪念日。

这里室内和室外的温度天差地别，室外天寒地冻，室内却温暖如春，房屋的外墙都特别厚实，而且有两道门，把严寒隔在了室外。在当地邮

▲ 巴伦支堡俄罗斯演艺人员

局买了四张加邮票的明信片，共 140 挪威克朗，两张给了同伴，两张自己寄回上海。出售明信片的小邮局，同时也是个纪念品商店，这儿出售各种俄罗斯旅游纪念品，北纬 78°4″ 的标签是纪念品上的一个常见物。商店营业员是一位标准的俄罗斯大妈，胖胖的身材，和蔼的笑脸，要不是她说着一口流利的英语，一定让人感觉到了俄罗斯某地。寄完明信片后即去剧院，这个俄罗斯基地居然有一个非常正规的剧院，而演出人员的水平也出乎想象，不仅歌舞表演水准一流，而且舞台、舞美、灯光、音响设备相当了得，特别是演艺人员的服装和音乐带有浓郁的俄罗斯民族特色，让我们有意外的惊喜。演出结束后，男女演员在剧院旁边列队和观众合影留念，这些据说是矿上公职人员和矿工家属的男女演员无论从长相到气质都绝不输于专业演员。走出剧院，已经是凌晨了，但天空依然如傍晚。在离开北纬 78°4″ 的巴伦支堡前，又一次观赏到了午夜晚霞的美景，在正北方向，太阳透过云层，微弱地照射进大海，使得天海之间呈现出一片橘色。回到船上，"北极星号"已经准备拔锚起航了，我们从这儿将一路向北，直上北纬 80°。

麦格达勒湾（2017 年 8 月 15 日）

凌晨 1:00 入睡，一直睡到自然醒。9:00 的活动说明会没有因为昨晚在巴伦支堡活动到午夜而有所改变，立马起床洗漱并跑向四楼餐厅，用了十分钟时间搞定了早餐并准时来到会议室。探险队队长告知，今天上午计划登陆，下午根据天气情况再决定是否登陆，此处位于斯瓦尔巴北部，气温较低，因此要做好保暖工作。

回到房间开始做出发前的准备工作，依旧套上所有的衣服，还特意准备了一小瓶热水。9:45 来到甲板排队坐快艇上岸。上岸后听探险队员介绍说，这个海湾三百多年前就有人类活动，1596 年，荷兰人斯瓦尔巴发现了这个地方，尔后，英国、芬兰、俄罗斯等国大批的探险家、商人相继涌入，开始捕捉鲸鱼并熬制鲸鱼油。海滩上有两处熬制鲸鱼油的锅炉遗址，不过现在除了一堆残石，已经看不出任何锅炉的迹象。探险队员还介绍说,当年此处的鲸鱼多到捕鲸人可以踩着鲸鱼的背从海湾这头奔向海湾另一头。后来,欧洲捕鲸人将北极的鲸鱼全部捕掠杀绝,并开始转向南极继续捕杀勾当。

锅炉遗址不远处有一个用铁丝围起的墓地,墓地前有一块用英语和挪威文书写的铭牌,显示这儿埋葬着一百三十多个、三百多年前在这儿活动的北极先人,而其中不少就是捕鲸人员。这块墓地已经成为历史文化遗迹,并由斯瓦尔巴当地政府管理,在不远的山坡上有一幢红色小木屋就是管理用房。这儿的海滩平坦、空旷,而且是这些天来难得一见的沙子海滩,沙子白色细腻,在四周冰川的映照下显得特别秀丽妩媚。海滩的沙子与海滩湿地自然对接,湿地上长着新鲜的苔藓,黄绿色的苔藓一直紧贴山地延伸至山脚下,看起来特别养眼。

走过这片苔藓地,开始进入一片鹅卵石铺成的石子路,这些形状各异、大小不一的鹅卵石散落在峡谷之间,每走一步都能听到脚踩石子的声音。突然,我们头顶出现了多只北极燕鸥,在我们头顶盘旋、俯冲,发出尖锐的叫声。北极燕鸥是地球上迁移行程最远的候鸟,夏天在北极,秋天飞向南方,直至飞到南极过冬,第二年春天再往北飞回北极。现在这个时段正是它们准备启程的时间,为保护它们的领地,它们不惜性命地捍卫自己的家园。有位探险队员被燕鸥从头顶掠过后,帽子上留下一摊难闻的鸟屎。探险队队长要求我们不要发出声音,快速通过。走过一个小坡,我们的眼前出现了另一个海湾,这儿海面上浮冰繁多,海水纯净碧绿。海湾对面是一组冰川,暗绿色的冰川横亘在海湾前,看起来非常壮观。在我们面前的海面上有一块飘浮着的浮冰,远看近乎透明,同伴伸手把它从海里捞出拿在手里把玩,这块在海水中看起来近乎溶化的冰块,拿在手里却是异常坚硬而硕大,充满了晶莹透亮、冰清玉洁的美感。我把它放在地上,与暗红色的海带放在一起,从不同的侧面拍摄冰的那种晶莹质感。

回到邮轮上,到了午饭时间,邮轮停泊在峡湾内,四周全是浮冰,景色相当宜人,那份悠闲和舒适自然不在话下。午饭之后,回房间小睡了片刻,继续去酒吧里发呆。突然,邮轮停住了,有人说前面陆地上有北极熊,可以去前甲板上观看。于是,我立即跑向前甲板,此时前甲板上已站满了人,不少人拿着相机和望远镜在往陆地观看,我从同伴手中接过望远镜朝远处看去,只见一头肥大的北极熊正在啃吃一条死鲸鱼,由于距离较远,很难看清细节。此时,邮轮上人声喧哗,让驾驶的船员有些不快,船长让导游传话,如果再有喧哗邮轮将立即驶离此处海域。于是,人们慢慢安静下来,而那只北极熊继续着它的美食。大约半个小时后,北极熊饱餐了一顿,起身离开,它那一摇一摆的熊体在雪地里看上去很有"北极一霸"的威严。在北极熊完全消失后,邮轮才慢慢驶离这片海域。但离开这片海域不久,又遇上了一大堆在海滩上晒太阳的海象,这十多头海象庞大的身躯远远看上去好像一动不动,但仔细观察却可以看到,从头上的角到躯体都在轻微地摇晃。

此后,邮轮慢慢地进入一条狭长的水道,两边出现了黑白互映的山岩,广播里说是到了燕鸥岛,这儿以海鸥和冰川为最美。果然,海面上慢慢起雾,云雾弥漫在山峦之间,让所有的一切落在一个虚幻缥缈的空间,人在这样的空间里有了一种清灵飘逸的感觉。行驶中的邮轮划破了碧绿的海水,海水泛起层层涟漪,构筑了海水美丽波浪的花纹,我连忙

▼ 北极冰川之三

▲ 北极冰川之四

按动快门,捕捉这一难得的美景。突然想起从自己房间的圆窗也一定能拍到美景,于是立即赶回房间,打开圆窗。果然,窗外的山岩、冰川不断出现在窗口内,我耐心等待,希望有流动的冰出现以增加画面的美感。打开窗户后不断有冷风吹来,但为了拍摄,我坚持手端相机、一动不动地站在窗前。功夫不负有心人,终于等到一大块浮冰飘来,连忙按动快门,捕捉到了近乎完美的画面。

下午17:00,船上举办了北极熊讲座。公北极熊的体重一般在300~700公斤,母的则在150~250公斤,但母熊怀孕时体重可达到500公斤。母熊在怀孕期间如果没有足够的食物,达不到体重会自动流产。北极熊与灰熊同种,如果交配可以生下北极灰熊。北极熊嗅觉十分灵敏,一般可达32公里,顺风可达180公里。北极熊主食海豹,一年需食五十多只海豹,吃饱之后,最长可八个月不吃食物。北极熊也不需冬眠,在冬天里也在外觅食。

晚饭后我留在餐厅后的酒吧内,边听音乐边写旅行日记。22:00过后,同船的几位69届"知青"游客在酒吧的另一侧大声聊天,从斯瓦尔巴历史到第二次世界大战，从政治、文化到经济，无所不聊。这些来自上海、南京、杭州的"知青"游客每天都会在这里谈论国家大事，一聊就是数小时。我带着好奇也加入他们聊了一会，可能我对世界各国的历史、地理、政治人文还有些了解，所以吸引到不少的"眼球"。到了 23:00，那位酒吧服务员忍不住让我们"挪窝"以便让他打扫卫生，于是聊天的人一哄而散，我也回到房间。见时间尚早，洗完澡后躺在床上看那本从探险队员梅瑞杨处借来的传记小说 A Hunter in the wilds of Svalbard，全英文的，大约也就能看懂个六七成。不过在摇晃的船上，在床头柔和的灯光下，躺在暖暖的被窝中，在接近北纬 80° 的北冰洋上读这样一本讲述独特猎人传奇经历的书，是一件非常享受的事，特别是书中扉页上那句话"如果你是一条狼，你很难活得像条狗"（It is not easy to live like a dog when you are a wolf）让我心领神会。时间不知不觉过了凌晨 1:00，放下书本准备睡觉，但今晚船停泊在一个海湾中不再行驶，少了船的摇晃，居然一直无法入眠。

摩纳哥冰川（2017 年 8 月 16 日）

凌晨之后才入梦，早晨 6:00 不到即醒，虽然睡眠不到 5 小时，但并没有睡眠不足的感觉。打开窗户，窗外有不少的浮冰涌动，空中阴雨迷蒙，空气清冽甘甜，吸一口浑身舒坦。8:00 过后，即去餐厅用早餐，这是上船之后用早餐最早的一次，有了更宽余的时间。用早餐时看到窗外的浮冰越来越多，而且冰的个头越来越大，冰天雪地的氛围越来越浓，坐在这样的餐桌前用餐自然是有种飘飘欲仙的感觉。很快又到了上午的活动说明会，来到会议室，看到往日坐满的会议室却没有几个人，大部分人都在忙于拍照。今天的活动比较多，探险队长告知上午在这块冰川前的浮冰海面上坐冲锋艇巡游，下午去另一处择地登陆，并特别强调室外气温低，要多穿衣服。

10:00 左右，轮到我所在的小组排队上冲锋艇，此时天空的雨越下越大，站在舷梯旁都能淋到雨，但我们还是毫不犹豫走上冲锋艇。冲

▲ 北极浮冰之四

锋艇坐满七个人之后，慢慢离开邮轮，向冰川驶去。坐在冲锋艇上，视野一下拓宽了许多，海上漂浮的冰也伸手可触，碧绿色的海水与白色的冰组合在一起非常悦目。远处海天一色，蓝绿色的冰川静静地横卧在那儿，突然间发出一声巨响，原来是冰川崩塌跌落水中发出的声响，随后是一股水汽袅袅升起。我们的冲锋艇在海上航行时不断地撞击

▲ 北极浮冰之五

北极篇 **179**

漂浮的冰块，呼呼的撞击声在静谧的海上听起来格外的悦耳。雨慢慢地变成了雪，鹅毛大雪瞬间就在空中飘飘洒洒、漫天飞舞，大雪中的冰川和浮冰更有一种肃穆的庄严。北极的魅力在此刻得到了最完美的显现，这也是我们来到北极最想看到的一幕。有了这样空灵缥缈的北极风雪，再也没有什么遗憾了。

驾驶冲锋艇的小哥非常善解人意，见我们对浮冰兴趣浓厚，就驾着冲锋艇在浮冰中穿行，见到大的浮冰还停下来让我们尽情玩耍。徐兄见一块浮冰形状漂亮，决心要把它从海水里捞出，但冰块很重，几次都没有成功，直到最后几乎把身躯伏在冲锋艇的边沿并让人抱住腰腿，才将那块有二十多斤重的大冰块捧入艇内。冲锋艇慢慢地驶回邮轮，在不远处有一块蓝绿色的巨冰突兀地耸立在邮轮后侧，那种蓝绿色让人看得十分心醉，驾驶冲锋艇的小哥小心地从冰块边上驶过，算是给上午的巡游画上了一个完美的句号。回到房间，脱下全身湿漉漉的衣服，突然又发现房间小圆窗前的浮冰也越来越多，而且水流速度极慢，大片的浮冰像是凝固似的，看到这样令人几乎窒息的美景，自然不会让相机休息，于是半蹲在窗前，捕捉从眼前不断漂过的浮冰，而一张张精美的照片也就

▼ 北极浮冰之六

自然拍成。

为了犒劳自己拍到的好照片,午饭时间又小喝了一杯,而北极虾的味道在第五天依然如旧,打破了多食必厌的美食定理。下午按计划是登陆,但船行驶到那片陆地前却因为风雨太大而不得不取消登陆,看着近在咫尺的陆地,也只能望陆兴叹。陆地很平坦,一眼看不到什么东西,在很远的地方隐约有小屋等建筑,据说也是百多年前来此探险或捕鲸人避难过的地方,在船上透过飘零的雪花眺望那块荒漠陆地,觉得已经可以满足所有的好奇。因为取消登陆,探险队安

▲ 北极浮冰之七

▼ 北极浮冰之八

北纬 79° 北冰洋

排我们观看了一个南北极自然风光纪录片,系英国BBC电视台所拍摄,纪录片拍得十分唯美,那些表现南北极动物和植物的特技镜头让人叹为观止,比之我看到的南极更多了一份艺术渲染力,也让我又重温了已经成为往事的南极一幕。

晚饭后船一路向北行驶,广播里说晚上21:00邮轮将到达和穿过此次北极行的最北点——北纬80°。届时,邮轮上会有一个小小的庆祝活

▲ 北纬80° 庆贺

动。有些期待，准备等待这个有意义的时刻到来。邮轮过北纬79°5′时风浪越来越大，而船舷两边也不断出现绝美的景色，远处岛屿上耸立着一座座冰雪覆盖的连绵山峰，皑皑白雪包裹着的山峦像是神秘的"天外来客"，而从海滩至山峦是一片很大的平地，平地一直延伸到山脚下，山像是从平地里拔地而起似的。不断地有云雾从远处吹来并贴着海平面，云雾在海上翻滚着向山峰弥漫，瞬间山被云雾笼罩，只能看见白色山体的轮廓。面对如此绝美的景色仿佛是到了另一个星球，很难再用语言和文字加以描绘，这样的美景也许只会在北极这样的地方出现。

快到21:00时，邮轮越来越摇晃，广播说此时的风力已经达到每秒19米，人走在过道上已经很难走成直线。我有些头晕，去南极过德雷克海峡呕吐的一幕慢慢浮现，犹豫着要不要回房间躺下，这时传来约在15分钟后过北纬80°的广播，于是等待的人开始骚动，纷纷从座位上站起来走到在海航图前，准备用相机记录下到达北纬80°的一刻。见此情景，我也打消了回房间的念想。9:14到达了北纬80°，邮轮服务员送来免费的香槟给大家助兴，大家站在后甲板上互相庆贺。我掏出了那面准备已久的"立信北极行"纪念旗，站在后甲板的楼梯上，留下了一组手持旗帜的照片，同时录下一段视频，纪念这一时刻的到来。过北纬80°后，邮轮向西一路开始回程，此时风浪依旧很大，邮轮摇晃着向西行驶，望着窗外漆黑的北冰洋，有些胆怯，如果邮轮在这儿出现状况，连求救的可能都没有，从数百公里之外的城市朗伊尔城派直升机过来也得三个小时。终于抗不住北冰洋的波涛汹涌，一路跌跌撞撞地走回自己的房间睡觉，此时，已经很难看到其他游客的身影，平时嘈杂的餐厅酒吧也已经变得十分安静。

克罗丝峡湾—新阿伦森（2017年8月17日）

早晨6时醒来，打开厚重的圆形窗板，让窗外清新的空气透进来，窗外已出现了一些小小的岛屿，可能是审美疲劳，这样的景色已吸引不了我的目光，于是继续上床睡觉。睡至7:00过后，抬头看窗外，一座高

克罗丝湾荒岛岩石

大的雪山兀立窗口，这些天来天天守候在窗口，从来没有见过如此贴近窗口的山峰，想开窗却无法打开，那个锁住窗的螺帽怎么都无法拧动，用电脑电池板敲也无济于事。突然想到，可能是昨天下午有船员进入各个房间把窗锁死了，主要为了防止船过北纬 80° 时怕风浪过大把海水灌进船舱而采取的防范措施。

　　上午的活动说明会特意说到因昨天取消登陆，今天会变成登陆三次，其中包括中国黄河考察站。此外，船上储水箱储水告急，因而今晚全体人员不能洗澡。这是一个令人有些沮丧的通知，但也无可奈何，在船上首先要保证有饭吃，有水喝，洗澡就只能放一放。10:00 不到，被广播催着去甲板登陆，今日的气温在 3℃ 左右，是气温较低的一天，因此穿

▼ 登陆克罗丝湾荒岛

▲ 克罗丝湾荒岛海景

戴了所有保暖衣物。果然，冲锋艇一开动，冷风扑面而来，而且伴着雪粒，打在脸上有生生地疼痛。登上邮船对面的小岛，我们仿佛进入一个冰川世界，四周的雪山一座挨着一座，白色的雪山高大峻朗，山岩棱角坚硬犀利，在迷雾的缠绕中透出一派严冬酷冷至尊的景象，而淡绿色的海水在冷峻的雪山衬映下显得格外柔美秀丽。这种一柔一刚的景色让登岛的我们似乎迷失了方向，仿佛来到了"神仙乐园"。雪越下越大，天空里弥散着雪粒，打在身上发出啪啪的声响。我拿出那面"立信北极行"的旗帜，摊在一块巨大的岩石上，用雪山做背景，拍下了不少照片。

荒岛中央有一座方正的橘色小屋，是1933年来此的探险人所建，门外墙上写着"Lloyd Hotel"字样，走进屋内，有床有桌，还有其他各种生

▲ 克罗丝湾荒岛旅馆

活用品,如烧火的炉子、照明用的油灯、桌子上的酒瓶和一副国际象棋。想象一下,当年探险人在这个冰天雪地里熬夜,是否会感觉可怕而又独具一格。在这一点上,西方人不畏艰险、勇于冒险的同时,追求生活品位和舒适的精神是值得东方人思考和学习的。

　　午饭的菜肴特别丰盛,这是最后一顿午餐,除了"老面孔"北极虾以外,按人头给了每人半个波士顿小龙虾、一段阿拉斯加蟹脚和数只中国盐水小龙虾,这么多海鲜、河鲜一起上桌自然让人大快朵颐,吃到最后,那位好客的菲律宾服务员说还有多余的海鲜,可以再来点,此时实在是心有余而力不足了。午饭后,在后甲板上散步,忽然发现船尾两侧的雪山特别壮美,锋利的山脊,雪白的积雪,连绵起伏的峰峦,像是一组有生

▲ 荒岛旅馆内景

　　命的雕塑，美到令人心颤激动。北极冰川上雪的厚度不及南极，但少了雪量的冰川却多了山岩的雄壮，处处透出坚毅与阳刚的气息。站在后甲板上，船一路行驶，一路拍摄，怎么拍都觉得不够过瘾。

▲ "立信北极行"纪念旗帜

　　拍完照之后小睡，小睡之后又开始登陆，下午登陆比之上午更为阴冷，风吹在脸上有刺骨的疼痛。登陆的地方又是一个荒岛，海滩非常平坦，四周有雪山和冰川缠绕，风景秀丽无比，唯一不足的是天气实在寒冷，拍一张照片手被冻得发抖。海滩这里可能是个风口，每隔数分钟会吹来一阵大风，大风夹裹着雪花，雪粒在空中飞舞，此时山被雪雾吞没，天空一片混沌。数分钟后，太阳重新回来，雪雾散去，还露出一小片蓝天，形成了一个蔚蓝色的"天眼"，让人心旷神怡。四周的山坡上有不少微小的人影，那是船上探险队员们的身影，他们在那儿站岗放哨，既防止北极熊等野兽对游客的攻击，同时也防止游客走得太远出现危险。

　　由于天冷，海滩上的人都渐渐回船上去了，我面对如此美景实在不愿轻易放弃，硬撑着在海边拍完一组照片后才离开海滩。在海滩边的简易码头上，探险队的队员都站在海水中，帮助游客从海滩登到冲锋艇上，他们的敬业精神让人敬佩至极。回到邮轮上，人被冻得半僵。穿着厚重的衣服在温暖的房间里待了很长时间才把身体暖热，厚重的衣服一脱就是一大堆，自己看着也是个累赘。重新来到四层后甲板上，

▲ 无人岛之一

此时甲板上空无一人,站在甲板上眺望海面,彻底放松一下心情,过了今晚就将告别"北极星号",以后再站在甲板发呆的机会不会太多了。有海鸥从空中飞过,很感谢这些精灵一路相伴,有了它们,在后甲板的时光热闹了许多,钦佩这些小精灵能在北极这么严寒的地区自由自在地飞翔。

晚餐时,那瓶喝了多天的茅台酒全部见底了,突然觉得酒带少了些,在出远门的船上,天寒地冻无所事事时邀上三五知已喝上一杯,那绝对是件美事。酒喝完之后那三个小酒杯洗干净送给了那位天天为我们服务的菲律宾服务员,她中午特意请了导游出面来要这几个酒杯,答应她晚餐后给她。送掉酒杯,自然想起去南极时离船那天,把那个做过多次面食的电热杯送给了那位菲律宾男服务员,一南一北的两次赠送纯属巧

▲ 无人岛之二

▼ 无人岛之三

▲ 无人岛之四

合，但饶有趣味。

　　晚上 20:00 不到，比预定的时间早一些，我们进行了第三次登陆，此次也是本次邮轮的最后一站——"黄河站"（中国北极科考站）。下船前又穿上了几乎所有的衣服，下船后才知道这些衣服的好处，在码头上已经能感觉到凛冽的风是多么刺骨，而四周雪山环抱，天蓝云白的场景也让人心情十分愉悦。在这个称为新阿伦森的地方，分布着十数个国家的科考站，像是一个小联合国，沿着码头的主要干道一路走去，两边是各式造型的建筑，都是其他各国的科考站，据说"黄河站"是位于新阿伦森码头最远的地方。走了近一公里路后终于找到了"黄河站"——一幢门口有两只石狮子的三层楼红房子。"黄河站"是不让游客进入的，所有的人挤在门口排队拍照。我与同伴离开去找阿伦森邮局，在邮局的门口长条桌上，找到了可以随意使用的邮戳章，盖满了明信片整整一页，又跑去隔壁纪念品商店买邮票，买好后再回到邮局把明信片投入门口的邮筒中。我在纪念品商店还买了一个围脖、一个冰箱贴和一个白瓷茶杯，花费了五百多克朗，算是到"黄河站"的小小纪念。

▲ 新阿伦森码头

从商店出来遇到几位中国科考队员，科考队员穿着贴有国旗标志的科考探险服，有不少的游客拉着他们拍照。据他们说，他们今年来晚了，在这儿工作不多久可能因为冬天的到来而要离开。我和其中的一位队员拿着"立信北极行"的旗帜共同合影。科考队员很是热情，拍照时基本是来者不拒，也有可能是这儿的生活单调，需要一些热闹，他们说从没有见到如此多的中国游客在同一时间里出现。在中国"黄河站"附近有挪威、韩国、印度等国家的科考站，而挪威科考站的规模最大，门口广场耸立着挪威探险英雄阿蒙森的雕像。阿蒙森不仅是北极探险先驱，而且是第一个登陆南极点的人

▲ 新阿伦森冰川

物。新阿伦森还有公共的餐厅和运动场所，为科考队员生活起居提供便利。回到邮轮上，船方为我们准备了面包和可可牛奶，在寒冷之后吃到香甜的点心感觉特别舒服。而最令人高兴的是"北极星号"停靠新阿伦森码头后及时补充了淡水，因而今晚停水的通知自然失效了，船方提供这最后一晚的热水澡是一件最为暖心的事。

重回朗伊尔城(2017年8月18日)

也不知道什么原因,在船上睡觉的感觉越来越好。早晨 8:30 若不是同伴敲门,我不知道会睡到什么时间。我快速起床整理物品,然后去三层服务台把在船上的消费结清,在船上待了那么多天,除了喝了两杯千年老冰勾兑的洋酒、购买了一些明信片和邮票外好像没有什么消费,总共 290 克朗,把身上的所有的小钞和硬币一点不拉地交给那位面容姣好的女船员,女船员见到那么一堆不起眼的零钱没有表现出任何不快。"北极星号"远不如南极的"前进号",在"前进号"上可以隔三岔五地去酒吧闲坐,喝上一杯啤酒并听一曲英国老头的钢琴独奏。不过在离船时,同伴徐兄代我支付了 100 美元的小费给"北极星号"的船员、服务员和探险队员。这些小费并非必须,但在船上被服务了 1 周,付点小费也属人之常情。

早餐之后,后甲板酒吧里已经坐满了人。离船之前,"北极星号"船长率全体船员和探险队员为全船游客开了一个欢送会。欢送会很简短,主要是发一张北极纪念证书,证书上面写有游客姓名、北极游程时间和经历,其中特别提到了游客随"北极星号"到达北纬 80° 这一标志性事件。欢迎会结束后,我找到探险队海克队长,让他和探险队员在我的南极纪念旗上签名留念,当他们看到纪念旗上有他们熟悉的同事签名时,都有些小激动,欣然一一签名,海克还特意在旗上画了一个动物图案。10:00 船到朗伊尔码头,在离船前见到了探险队员梅瑞杨,与她告别,没想到这位俄罗斯美女居然给了一个大大的拥抱。在码头,我们取回自己的行李,告别了相处 1 周的"北极星号"邮轮,坐大巴重回刚到朗伊尔城住过的那家极地酒店。

上午照例是不能入住房间的,我和徐兄将行李存放在酒店,然后便去朗伊尔城闲逛。走出酒店,放眼望去,阳光下的朗伊尔城只有一条大街,大街两边有着不少的商家。我们在一家皮货店购买了一些有斯瓦尔巴印记的纪念品,随后到了可能是朗伊尔城最大的超市,有点像国内的家乐福商场,里面顾客也不少,各种生活用品一应俱全。我们在超市购买了三文鱼、黄瓜、西红柿、啤酒等一大堆食物,花费了四百多克朗。买啤酒时店家特意让我们出示了当晚机票证明,否则不得购买。回到酒

▲ 朗伊尔城民居之一

店，正逢午餐时间，酒店给了一个三明治充当午餐，而我们买来的食物让我们享受了一个有酒有肉有水果的丰盛午餐。喝完酒入住酒店，泡上一壶绿茶，看着北极少有的阳光爬上窗户。

晚餐时间是下午18:00，眼见天色尚早，便与徐兄再去朗伊尔城区。此次我们挑选了一条与上午不一样的路，一路上可以看到不少朗伊尔城的民居小屋，他们的屋前屋后停放着汽车或雪地摩托，有的住户外墙上还挂着不少的雪撬滑板，看来这儿的人与雪打交道的工具一个都不会少。朗伊尔城实在小之又小，不到20分钟，我们已经把一条主街道从头到尾走完了。往回走的路上阳光特别灿烂，是1周以来少见的有大太阳的日子，在一家看上去装修豪华的酒吧门口，有不少游客在太阳底下喝酒，于是决定进酒吧喝上一杯。没想到，进去之后一泡就是几个小时，这家酒吧温暖舒适，可以近距离地观察朗伊尔人的日常休闲生活，我还与一位瑞典游客进行了一场美式九球桌球比赛。坐在球桌前，看见几个

▲ 朗伊尔城民居之二

"老外"在打桌球,手有些痒痒,便趁"老外"离身抽烟时上去打了几杆,"老外"回来见我能打,便提出比赛一场,我欣然应战。起始是那个瑞典人"一杆两球"领先,尔后我"一杆三球"反超,你来我往中不断交叉领先,直至最后瑞典人"抢黑"失误,被我反败为胜,一场非典型国际比赛到此结束,瑞典人叹服中国人的小球都玩得很顺溜。旁边那位伊朗人见我赢了瑞典人,一定要我与他比赛一盘,但我看晚饭时间快到了,就婉拒了他的挑战。

晚餐很正规,是标准的西式牛排,味道做得还算可口,但大部分游客在此时对牛排的热情已经不高了,而我也不得不用榨菜来调剂自己的味蕾。最后一餐混合了东方味道的正宗西餐,给我留下特别深刻的印象。回到房间,开始整理箱包。我们回奥斯陆的航班是凌晨2:30,大巴在24:00会把我们送至朗伊尔机场,还有三个多小时可以无所事事地等待送机场大巴。于是,一边收拾物品,一边浏览窗外景色。此时虽是晚上22:00过后,太阳依然斜照在对面山坡上。我拿出手机拍了一张照片,与下午 15:00 在同一位置所拍的照片对比，明显感觉到晚上照片的光照比下午要强烈许多。到了晚上 23:30，我抱着好奇的心理在同一位置又拍了一张，让我惊诧的是，此时窗对面的山坡受光面积大幅增加，整个山坡沐浴在温和的太阳光中，极昼特异的自然景观又一次强烈震撼了我，想不明白这是一种什么样的天文现象。在等待许久之后，送机场的大巴终于来到，大批人马涌至大巴跟前，两辆大巴塞满了人员和行李，摇晃着驶向机场。

▲ "北极星号"邮轮房卡

凌晨的朗伊尔机场依然人头攒动，从奥斯陆过来的航班人流和去奥斯陆航班的人流交织在一起，把小小的机场航站楼搅得人声鼎沸、一派热闹。在办理登机手续时，我遇上了下午与我打桌球的瑞典高个子"老外"，熟人相见分外亲热，热聊个不停。问起下午与他一同打球的朋友，他说那位是伊朗难民，没有身份，不能离开朗伊尔城，听了让人不免唏嘘，世界之大，无奇不有。凌晨 2:30，北欧航空公司飞机从朗伊尔机场准时起飞，透过舷窗，先是看到被冻结的旷野呈现一片凄凉，只有那些彩色的房屋透出一丝温暖，接着眼皮底下所有的一切渐行渐远，飞机冲破云层，在北极天空中翱翔。阳光下，被冰雪覆盖的北极山峰连绵起伏，山峰的峻美阳刚与云的飘逸柔性浑然一体，北极的壮美和宏大在这穹顶之下得到极致体现，我此时屏住呼吸，放下所有的思虑，静静享受这一刻的美好。北极，万里之远的目的地，终于降下帷幕，我"三年三极"的旅行目标也终于在这一时刻圆满成功。心里默念：别了，北极！

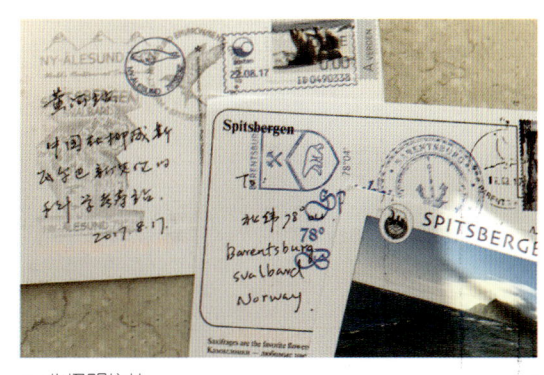

▲ 北极明信片

▲ 北极证书

北极小贴士

1. 只要过了北纬66°34′，就算进入了北极圈（北纬地区），领土在北极圈的国家有不少，如挪威、瑞典、芬兰、挪威、俄罗斯、加拿大和美国，所以去北极地区可以有更多路线上的选择。当然，从我国进入这些地区都很遥远，至少得转一次飞机，飞行时间都在15小时以上。

2. 大部分人都以为北极会冷到极点，事实上，夏天的北极并不太冷，气温一般在0℃左右，这可能与北极地区有较多的暖流有关。当然，有时在野外遇到风雪交加时，体温会感觉特别冷，所以御寒的衣物也是必不可少的。

3. 北极熊是北极地区最出名的动物，到北极的人都以能看到北极熊为幸事，但北极熊一般都生活在偏僻的荒野，所以在旅途中要看到北极熊并不容易。同时，人类也并非北极熊的食物对象，北极熊不遭遇人类侵扰或不到万不得以不会主动攻击人类。

4. 北极和南极一样，水域面积随着气温的变化而变化，到了冬季，相当大的水域面积都被冰雪覆盖了，此时只能用雪上摩托作为交通工具，其行驶的速度比船会快许多，所以在冬天去北极有着与夏天不一样的感受。

5. 和南极相比，去北极最大的好处是可以下船过夜，而且陆地上的生活设施条件好了许多，所以去北极不用过多地考虑饮食起居的便利，也不用携带太多的"下饭神器"。

6. 和南极相比，去北极旅行要更方便、省钱，所以建议先从北极玩起，然后再去南极，这样会有一个快感逐步递增的过程。

后　　记

2018年3月，在到达南极3周年之际，我完成了《我的地球三极》全部文字稿，那时，将书稿尽快交付出版社并争取在2018年8月出版此书成为我一个不小的愿望。在8月份出版此书是纪念我的北极行1周年，同时，也为我"三年走完地球三极"的目标划上一个圆满句号。

所幸的是，经过数月的紧张筹划，在立信会计出版社的统筹安排之下，这一愿望得以实现，更令人欣慰的是《我的地球三极》一书正好安排在2018年上海书展期间首发，这实在算得一件意外之喜。

去过地球三极的人不会很多，而去过三极又把它记录下来的人可能更少，《我的地球三级》一书用了详尽的笔墨全面地记录了我在地球三极旅途中经历的每一个细节，真实展现了我在南极、西藏和北极的全部过程。虽然自我感觉略显平淡无奇，没有特别可以被人乐道的离奇故事和精彩的文笔，但这是我一步一个脚印走出来的真实三极写照，每一个过程都有我对地球三极的真实体验和感悟。此书写得有些艰难，在南极篇中，因为过德雷克海峡晕船失去了在南极每一天即时的旅行记录；在西藏篇中，因为电脑的误操作失去了已经完成的数千字文字。这些，曾一度让我有过放弃写完此书的念头，好在最后我克服了种种困难，得以实现自己的夙愿。

《我的地球三极》是我的第五本书，它与以往已经出版的书一样，旅行总是其中不可忽缺的一个重要题材。对我而言，旅行是我命中注定的缘分，我的血液中随时会涌动出一种对旅行的激情，使得我对旅行总是乐此不疲并成为生命中最重要的内容。旅行中不仅有湖光山色、名山大川，更有各种旅途的艰险，甚至可能有生命危险，在数十年的旅行生涯中，我曾有过两次与死神擦肩而过的经历，坦然面对和克服旅行中的各种艰难，也磨历了我的人生才能。数十年的旅行经历拓宽了我的眼界，沉淀了我的思想，使我对人生有了更强的操控能力，也可以笑对未来人生中更多的困难和挫折。此书的出版，既是对我走过这地球三极旅程的记录，也是我的旅行人生中的精彩篇章。在旅行过程中我时常会有很多感悟，特别是对人和自然关系和谐相处的感悟有了许多升华，在南极和北极的旅行过程中，我对"保护地球人类家园"的公益宣传做了一些小小的尝试，也取得了良好的效果。读万卷书不如行万里路，行万里路之后再有一本记载旅行生涯的书，那么这样的人生又自然多了一份趣味，也足以让我抵御生活中的种种诱惑，出走半生，归来仍是少年，出走一生，旅行的脚步依然鲜活、踏实。旅行，就是我的人生标签，是我的一种荣耀。

在从迪拜到圣保罗的大西洋万米之高的飞机上，我写下这篇后记，我觉的这也是一种缘分，三年多前，我在同样的航线上出发去南极，如今，我不仅完成了地球三极的全部旅程，而且记录这段旅程的书也即将出版，这真是一件令人感觉愉悦的事，我真心希望此书能给更多喜欢旅行的朋友带来旅行的动力。天南无路，走走就有了；天南有路，走走就更宽了。最后，对在此书的出版过程中给予我热心帮助的朋友致以真诚的感谢。

作者于 2018 年 6 月